KB163027

「아버님…… 죄송합니다……
릴레네는 이렇게 숙녀가 해선 안 될
레이즈 온 판타지
Raise On Fantasy
갬블러는 이세계를 만끽한다

우인 마사루
Uin Masaru

갬블에 대한 집착 탓에 목숨을 잃고,
이세계로 전생하게 된 고등학생.
왕좌를 노리는 계승자들의 싸움에서
이상적 승부의 무대를 찾는다.

하나코
Hanako

마법을 쓰지 못해 엘프 마을에서 추방
당하고 노예가 된 엘프 소녀. 마사루에게
걸린 진귀한 저주에 흥미를 보인다.
본명은 기억하지 못할 만큼 길다.

「이렇게 재미있는 갬블을
그만둘 리 없잖냐.」

「저, 마사루 님이 가시는 곳이라면
어디까지든 따라갈 거예요!」

「분명히 말하지만 나는
너 같은 부류가 싫다!」
릴레네 엔파리스
Rilene Enfaris
아버지의 목숨을 구하기 위해 왕이 되려는
기사 소녀. 기사로서의 실력은 탁월하나
너무 정직한 성격 때문에 갬블과는 치명적
으로 안 맞는다.

천 너머로도 하나코의 달아오른 몸이 느껴진다.
「지금만은
주인님이라고 부르게 해 주세요……」

레이즈 온 판타지

Raise On Fantasy

갬블러는
이세계를
만끽한다

AUTHOR
카와모토 호무라
HOMURA KAWAMOTO

COLLABORATOR
무노 히카루
HIKARU MUNO

마냐코
MANYAKO

표지 · 본문 일러스트

마냐코

CONTENTS

서장

뇌가 날아가 버렸기 때문일까.

지금 어디에 있는지를 모르겠다.

발밑에서는 먹구름이 드라이아이스 연기처럼 뭉게뭉게 피어오른다. 아래에서 솟아오르는 것 같다. 보기와 달리 지면은 발이 살짝 가라앉을 뿐 단단한 감촉이다.

시선을 들자 온통 까맣다. 끝이 없다고 직감적으로 생각할 만큼 깊은 어둠. 주위를 둘러봐도 아무도 없다. 여기에 있는 건 나뿐인 듯하다.

——출구는?

어딘가에 갇혀 있는 것이라고 생각했다.

위는 어떻게 되어 있을까.

올려다보니 희미한 시야를 만드는 광원이 있었다. TV에서 본 알래스카의 오로라처럼 띠 모양의 빛이 일렁이며 연녹색 빛을 내게 비춘다.

"어서 오세요."

"으악!"

뒤돌아보니 뒤에 여자가 있었다.

입고 있는 얇은 흰색 로브보다도 투명해 보일 정도인 피부. 여자는 수많은 보석 장식으로 치장하고 있었지만, 황금색 머리카락이 그 무엇보다도 강한 광채를 냈다.

나는 멈칫했다.

……이 여자, 어째 빛나고 있지 않나?

마술 같은 건가 했지만, 몸 전체에서 나오는 빛에 부자연스러움은 없다. 신비한 존재가 그곳에 있었다.

"……아, 안녕. 넌 누구야? 정신 차리니 여기 서 있는데, 뭐가 뭔지 전혀 모르겠어."

여자는 '하아' 하고 의도적인 듯한 한숨을 쉬었다.

"무례하군요, 우인 마사루. 처음 보는 사람은 예의 바르게 대해야만 한다고 초등학교에서 배우지 않았나요? 뭐어——."

여자가 내민 오른손에 따르듯 먹구름이 소용돌이를 일으키기 시작했다.

"애초에 저는 인간이 아니지만."

"오오……."

산 모습이 된 구름 끝이 뚝 끊어져 공중에 떠오르더니 여자의 손바닥 위까지 둥실둥실 이동했다. 그리고 응축되어 부피를 줄이더니 어떤 형태를 갖추었다.

…….

……나잖아.

"저는 갱생의 여신 아드라미르. 당신에게 올바른 길을 걸을 기회를 주기 위해 왔어요."

아드라미르라고 자신을 소개한 여자는 손바닥 위에 있는 내 모습 구름의 머리를 쓰다듬었다.

"여신이라고?"

"네, 맞아요."

"흐음."

"……좀 더 놀랄 줄 알았는데요."

"여기가 어딘지 모른다고는 했지만 죽었을 때의 일은 기억하고 있으니까. 어렴풋하게 천국이나 지옥에 온 거 아닌가 생각하긴 했어."

하하. 웃음이 터졌다.

난 조금 전에 죽었다. 환각이나 기억 착란 따위가 아니다.

내 머리의 일부가 없어지는 감각을 확실히 기억한다.

여신이 작게 어깨를 떨며 웃었다. 얼굴을 찡그린 나를 염두에 두지 않고 계속해서.

"살아 있을 때 당신은 갬블에 열중했었죠. 그것도 비정상적으로 파고드는 것 같았어요……."

구름으로 된 나는 교복을 입고 있다. 등받이 없는 의자에 앉아, 역시 구름으로 만들어진 슬롯 머신을 돌리고 있었다. 이렇게 바깥에서 보면 고등학생이 슬롯 머신 앞에 있는 건 이상한 광경이군.

그래. 확실히 나는 슬롯 머신을 하고 있었다.

명패도 간판도 없는, 얼핏 봐도 수상한 잡거 빌딩 한 곳에 있는 위법 슬롯머신 가게에 있었다. 흔히 불법 슬롯머신이라고 하는 그거다. 일반 슬롯머신보다 배율이 20배나 높다. 슬롯 1회전에

20회만큼을 응축해 놓은 거나 마찬가지다.

"그걸로 파산한다면 차라리 나았겠죠. 그런데 당신에게는 넘치는 갬블 재능이 있었어요. 전승무패, 연전연승……."

구름으로 된 내가 이번에는 테이블 위의 트럼프를 팔락팔락 넘기고 있다.

포커다. 불법 슬롯머신의 단골이 된 나는 다른 손님과 친해져서 더욱 배율이 높은 갬블에 초대를 받았다.

그리고 그게 불법 카지노였다.

"그곳에서도 당신은 이겼죠. 이기고 이기고 또 이겨서……."

발을 들이밀었을 때는 가슴이 뛰었다. 일본에는 카지노가 없다. 본고장인 라스베가스에서는 프로 갬블러와 부자들이 밤낮으로 다양한 갬블에 열중하고 있다.

"——결국 야쿠자의 대타로 대리 도박까지 하게 되었죠."

나는 돈을 원했던 게 아니다. 야쿠자의 대타라는 비일상에는 진정한 스릴과 흥분이 있다고, 그때는 생각했다.

"대타라는 큰 역할을 맡았지만 당신은 전혀 동요하지 않고 평소대로 도박을 했어요……."

상대 야쿠자도 대타를 내보냈었다.

도박장에서 교복을 입는 이유는, 대면한 상대가 크건 작건 반드시 동요하기 때문이다. 왜 이런 곳에 고등학생이 있느냐고 생각하게 만들면 상대의 사고에 파도를 일으킬 수 있다. 그걸 기점으로 철저히 파고들어 무너뜨린다…….

지금까지 최선을 다해서 이겨 왔다. 반드시 이길 생각으로 하지 않으면 진정한 갬블이 아니기 때문이다.

상대 야쿠자의 대타에게도, 그때까지 내가 세운 이론은 통했다.

“져도 괜찮은 승부였을 거예요.”

상대는 일대를 시끄럽게 만든 양아치 집단으로, 막 나가는 위험한 녀석들이었다. 여신의 말대로 승부의 결과 따위 무시하고 보복해 오리라는 건 예상할 수 있었다. 나를 고용한 야쿠자들은 나름의 도리가 있는 녀석들이라 내가 지더라도 내게 그 책임을 물지는 않았으리라.

상대 쪽 대타가 속임수를 썼지만, 나는 그것도 간파했다.

“가엽고 어리석게도, 지고 넘어갈 수가 없어서 이겨 버린 당신은——.”

구름으로 된 내 머리가 날아가서 뿔뿔이 흩어졌다.

“가볍게 살해당했죠.”

감각이 되살아나서, 후두부에서 찌릿한 통증이 느껴졌다.

여신이 한숨을 내쉬자 머리를 잃고 테이블에 엎어져 있던 내가 공기 속에 녹아들었다.

“비참한 인생이었어요. 당신은 정말이지 도박으로 신세를 망쳤지요. 자업자득. 죽는 게 당연하다고 할 수 있을 거예요.”

“너무 단호하게 말하잖냐…….”

“우인 마사루. 당신은 지금 갬블에 대해 어떻게 생각하죠?”

“어떻게 생각하냐니…….”

다시 한번 생각해 봤다.

“그렇지……. 처음으로 갬블을 했을 때는 이렇게 재미있는 게 있다는 걸 알고 죽을 만큼 기뻤지만, 그 후에는 별거 아니었어. 갬블이란 게 그만큼 재미있는 게 아니었던 거지. 기대한 내가 바보였구나 싶네."

그 말을 들은 여신은 만족스러운 듯 고개를 끄덕였다.

"그 말을 들어서 다행이네요. 당신이 반성하고 있다면 고려할 부분도 없는 건 아니에요."

"응?"

"당신이 고등학생이라는 점. 살해될 듯한 상황까지도 물러서지 않았던 건 충분한 판단 능력을 갖추지 못한 결과라고도 생각할 수 있지요. 그래서 저는 생각했어요. 당신에게 선택지를 주자고."

"……."

여신이 오른팔을 크게 벌렸다. 로브의 소매가 따라가듯 둥실 춤춘다.

"하나는 일본에 환생해 인생을 처음부터 재시작하는 길——."

뒤이어 왼팔을 벌렸다.

"다른 하나는 그 몸인 채로, 일본도 지구도 아니라 당신에게는 이세계일 곳에서 사는 길."

"무슨 소리야, 당신."

전혀 이해가 안 된다. 환생해? 이세계?

"전자라면 당신은 현재 가지고 있는 능력과 지식을 다 가진 채로 신생아 때부터 인생을 재시작할 수 있어요."

도저히 믿을 수 없었지만, 여기가 현세가 아닌 건 분명하다. 그렇다면 환생 이야기도 반드시 거짓말이라고 할 순 없을지도 모르겠다.

나는 운동도 공부도 꽝이지만, 보통 고등학생 정도는 된다. 이 두뇌를 가진 채로 아기가 된다면 신동 취급을 받을 수 있겠지.

"후자인 이세계에서 사는 길은 추천하기 어렵군요. 그 세계는 몬스터가 득실거리고 인류 멸망을 노리는 마왕이 인간과 다투는 세계예요. 하지만…… 그 세계에서 평화를 위해 목숨 걸고 싸운다면 저도 응원하죠. 처음부터 레벨 99로 만들어 드릴게요."

나는 뿜었다.

"레벨이 뭐야. RPG도 아니고."

"당신이 상상하고 있는 게임 세계라고 생각하면 틀리지 않을 거예요. 레벨 개념도 마찬가지고요."

여신의 눈동자가 번쩍 빛났다.

"……."

진심으로 하는 말인가?

사실이라면 게임을 시작한 시점에서 레벨 99라니 꿈만 같은 이야기다. 초기 장비인 목검을 갖고 마왕에게 달려가도 해치울 수 있지 않을까.

여신이 생긋 웃었다.

"어느 쪽을 골라도 당신이 바뀌지 않는다면 마찬가지. 언젠가는 파멸이 오겠죠. 하지만 자신의 어리석은 행동을 돌아보고 갱생하려 한다면, 분명 멋진 인생을 보낼 수 있겠죠. 많이 반성하고 있겠지만, 환생한 곳에서 그걸 증명해 주세요."

"잠깐 기다려 줘."

나는 여신의 설명을 가로막듯 말한 다음, 팔짱을 끼고 허공을 올려다보았다.

환생한다고 치면, 어떻지?

……신동이 되든 레벨 99 용사가 되든, 잘라 말해 어느 쪽이든 좋다. 내가 바라는 건 그런 게 아니다.

그러다 모은 팔에 뭔가 딱딱한 것이 닿고 있음을 깨달았다.

가슴 주머니 안이다. 짚이는 게 없는데 뭔가 들어갔나?

"자, 결단할 때예요……."

떠올렸다. 아니, 깨달았다.

"오늘, 이 순간부터 당신의 갱생이 시작되는 거예요."

그때 주머니에 들어갔던 거다.

여신이 기대를 담은 눈빛으로 나를 보았다.

"……좋아, 알겠어. 결정했어."

어느 쪽에 환생하든 마찬가지. 그렇다면…….

"각오를 마친 표정이네요! 바로 그 각오가 당신을 갱생으로 이끌 거예요!"

나는 가슴 주머니에 손을 찔러넣고, 안에 있던 것을 새까만 하늘 높이 들어 올렸다.

"앞이면 일본에서 환생하고, 뒷면이면 이세계다!"

"……예?"

여신이 의아해하는 표정을 지었다.

"이거지……. 이렇게 문자 그대로 인생을 건다는 느낌이 갬블이라고. 이런 느낌을 공유할 수 있는 상대와 갬블을 하고 싶었어."

나는 크게 숨을 들이쉬었다.

손 끝에 있는 건 불법 카지노의 칩. 살해당하기 전에 별생각 없이 가슴 포켓에 넣었었다.

——팅!

힘차게 칩을 튕겼다.

자, 어느 쪽이지?!

결과는 신만이 안다! 어느 쪽이 나와도 나에게 후회는 없다!

공중으로 날아간 칩은 정점에서 잠시 멈췄다가 내 손을 향해 낙하하기 시작했다.

받아들기 위해 손을 내밀고——.

"네놈은 바보냐!!!"

그 호통과 함께 주위의 먹구름이 날아갔다. 내 몸에도 강풍이 들이닥쳐 놀라느라 칩을 받지 못했다. 손바닥을 빠져 나와 구름에 섞여서 어디론가 가 버렸다.

"갑자기 뭐야! 이러면 결과를 알 수 없——."

뒤돌아 본 나는 말문이 막혔다.

여신은 이마에 푸른 핏줄기를 띄우고, 눈썹을 크게 일그러뜨리고, 뿌득거리는 소리가 들릴 정도로 이를 악물고 있다. 악마 같은 형상이었다.

…………화가 많이 났나?

"그건 갬블이잖아! 자기가 왜 죽었는지도 모르나! 죽어서 반성했을 거라고 생각했는데! 어리석어! 너무 어리석어! 네놈의 어리석음은 완전히 죄다!"

모, 목소리가 엄청 커.

"갱생의 여지가 없다는 건 아주 자아알 알았다! 좋아, 네놈의 새로운 인생은 내가 정한다!"

"자, 잠깐만 있어 봐. 그렇게 화내지 말고……."

"우인 마사루! 네놈은 지옥행이다!!!"

그 순간, 구름에서 단단함이 사라지며 내 몸이 낙하를 시작했다. 스르륵 구름 속을 빠져 나온다.

거기에는 사람도, 사물도, 빛도 없었다. 나는 자신의 신체조차 확인할 수 없는 암흑 속을 계속 추락했다.

제1장 인신매매 포커

01

의식 같은 거지. 일단 해 보자는 정도의 가벼운 기분으로.

나는 자신의 뺨을 꼬집었다. 응, 확실히 아프다.

"뭐야, 이게……."

낙하하는 도중에 정신을 잃었는지, 정신을 차리자 뺨에 돌의 감촉이 느껴졌다.

나는 낯선 장소에 누워 있었다. 의복은 의식을 잃기 전과 마찬가지로 교복이다. 벽돌로 만들어진 건물 벽 근처다.

주위를 둘러보자 길 양옆으로는 포장마차가 죽 늘어서 있고 사람들의 물결로 활기가 넘쳤다. 쇼핑, 잡담, 가격 흥정, 손버릇 나쁜 꼬맹이와의 추격전으로 바쁘다.

내가 뺨을 꼬집은 건 이곳이 지구 어디에도 없는 곳이라서다. 얼핏 보면 유럽의 오래된 거리 같은 풍경이지만, 사람들의 모습이 이상했다.

다양한 인종이 있다. 민족 의상 같은 화려한 직물을 두른 사람, 갑옷을 입은 사람, 헐렁한 로브를 걸친 사람……. 뭔가 축제 같은 거라면 여기까진 납득할 수 있지만 개중에는 확실히 인간이 아닌 사람이 섞여 있다. 코스튬 플레이가 아닌 건 보면 안다.

아인(亞人)이라고 해야 할까.

도마뱀 머리, 약간 습기를 머금은 푸른 피부, 짐승 귀와 꼬리…….

이곳은 정말로——.

"이세계랍니다. 우인 마사루."

"으앗?!"

펄쩍 뛰다가 뒤에 있던 쇼핑객과 부딪혔다.

"야, 인마. 눈은 어디 두고 다녀?"

고개를 들자 나보다 머리가 네 개쯤은 큰, 벽 같은 남자가 있었다. 아래턱에서 커다란 어금니가 돌출되어 있다.

"으아아아아아앗! 죄, 죄송합니다! 죄송합니다!"

큰 남자는 혀를 차고는 사라졌다. 가슴을 쓰다듬으며 시선을 되돌리자, 거기에는 여신 아드라미르가 있었다.

"노, 놀라게 하지 마……. 여기는 정말로…… 응?"

투명한데?

아드라미르의 몸이 반투명해서 건너편 가게가 보인다. 다른 통행객은 여신의 존재를 깨닫지 못했는지 그녀의 몸을 통과하고 있다.

"제 모습이 보이는 건 당신뿐이에요."

여신의 표정은 평온했지만 격앙했을 때의 얼굴을 떠올리면 오싹하다.

"……나는 아직 두 번째 인생을 선택하지 않았어. 멋대로 이세계에 오도록 결정한 거야? 뭐, 그거야 그거대로 좋나. 레벨 99가 되었단 뜻이지?"

나는 붕붕 팔을 휘둘렀다.

"특별히 달라진 것 같진 않네. 그런가, 영화 같은 곳에서 자주 보는, 나는 평범하게 느끼고 있지만 실제론 엄청난 힘이 깃들어 있다는 거군. 뭔가를 건드릴 때는 조심해야겠네."

여신은 불쑥 내 손을 쥐었다.

반투명해져 있어도 그녀가 바란다면 닿을 수 있는 건가.

——라고 생각한 순간.

"아야야야야야야!"

오른손이 으깨질 것 같아서 나도 모르게 무릎을 꿇었다.

"놔줘! 부탁이니까 놔줘!"

"후후후후, 저는 평범한 인간의 힘 정도로 쥐고 있을 뿐이에요. 우인 마사루, 악력이 너무 낮지 않나요?"

풀려난 나는 오른손을 안듯 감싸고 문질렀다.

"이 세상에 레벨 같은 개념은 없어요."

올려다 본 여신은 웃고 있었다. 나는 깨달았다. 포커에서 남의 표정을 읽는 일만 해 온 덕분일지도 모른다.

……이 녀석, 눈이 웃지 않고 있다.

"아까 말했던 이세계와는 다른 곳이에요. 말씀드린 대로 이곳은 지옥. 당신에게 있어서는요."

"지옥은 뭐랄까… 악마 같은 게 있는 거 아냐?"

여신은 나를 무시하고 계속 말했다.

"이 나라는 코즈벨트라고 해요. 보다시피 당신이 있던 세계와 비교하면 문명 수준이 상당히 뒤떨어지죠. 전기나 가스도 없고, 헌법 따위도 없어요. 절대왕정입니다."

절대왕정…….

학교에서 배웠던 것 같은데, 말하자면 임금님이 있고 그 임금님이 모든 것의 결정권을 가진 정치 형태다.

"하아. 그럼 현대 일본인인 나는 살기 힘들겠네. 그럼 언어도 안 통하는데 어떻게 살라는 거야. 그게 지옥이란 거——."

어라? 그러고 보니 아까 그 거한은 일본어를 하고 있었어.

"말은 통하게 해 두었어요. 당신에게는 일본어로 들리고, 당신이 한 말도 상대에게 전달됩니다. 문자도 일본어로 보여요."

"편리하네. 나로서는 고맙지만……."

소란에 귀를 기울이면 거리의 사람들이 하는 말을 알 수 있다. 이거 편리하군.

"서비스가 많네. 생활은 일본보다 힘들겠지만 이 정도면 아무래도 지옥이라고 말하긴 좀 그렇겠는데."

"네. 말이 통하지 않아서 곤란한 정도면 너무 시시하니까요."

"그럼 뭔데."

갑자기 긴장감이 들었다.

"이 나라에서는……."

침을 꿀꺽 삼키고 말았다.

"갬블을 장려하고 있답니다!"

"……."

"코즈벨트에서는 오래전부터 갬블이 유행했어요. 때때로 권력자들이 도박은 타락적이고 국가를 쇠퇴시킨다며 탄압한 적도 있었지만, 사람들이 분노하고 자칫하면 내전이 일어날 정도의 반발을 맞이해 단념했죠. 이제 갬블은 자유이고, 코즈벨트 제일의 오락거리랍니다."

다시 한번 주변을 둘러보니 사람들이 포장마차 몇 곳을 둘러 싸고 있다. 그 중심에서는 카드와 주사위, 그리고 돈이 날아다닌다.

"당신은 이 세계에서 두 번째 인생을 살아 주세요. 갬블에 너무 빠져서 결국 죽어 버릴 정도인 당신에게는 이 세계가 어울려요. 부디 개죽음 할 때까지 갬블을 하세요."

여신의 몸이 더욱 흐려져 간다.

"이대로는 불쌍하니 마지막으로 하나만 조언하죠."

"뭔데?"

"일본에는 '못된 짓으로 번 돈은 손에 남지 않는다' 는 말이 있어요. 잘 기억해 두세요."

"그 정도는 알아."

"안녕히. 당신이 무사히 갱생할 수 있기를."

내 대답을 기다리지 않고 여신의 모습이 완전히 사라졌다. 어느샌가 주위 사람들이 이쪽을 미심쩍어하는 눈으로 보고 있다. 혼자 중얼거리는 이상한 녀석으로 보였겠지.

……빨리 자리를 옮기자.

무작정 걸어 봤다. 아무래도 이곳은 시장인 모양이다. 활기찬 거리가 한참 이어졌다.

갬블을 장려하는 나라라——.

아무튼 나라면 이 세계에서도 문제없이 생활할 수 있겠지. 살 장소처럼 해결해야 할 일이 몇 가지 있지만 갬블로 밥값을 번다는 점에서는 일본에서의 생활과 크게 다르지 않을 거다.

한껏 갬블을 해 왔다.

……이 세상이라면 기대할 수 있을지도 모른다.

하지만 일단은 오늘의 밥값을 벌어야——.

잠깐. 원금은 어쩌지?

종잣돈이 없으면 갬블은 할 수 없다. 뭐가 뭔지 알 수 없는 현재 상태로 자기 몸을 거는 사태는 가능하면 피하고 싶다.

이 나라의 통화도 모르고, 나는 지갑도 갖고 있지 않다. 뭔가 걸 수 있는 게 없을지 내 몸을 뒤졌다.

가슴 주머니에 뭔가 들어 있다. 꺼내 보니 칩이었다. 하지만 그 구름 위에서 코인 토스를 할 때 떨어뜨렸을 텐데…….

자세히 보니 그때 사용한 칩과는 미묘하게 다르다. 뭐랄까, 만듦새가 조악하다.

"뭐야, 이건……."

앞을 보지 않고 걷다 보니 갑자기 눈앞에 벽이 나타나서 멈춰 섰다. 고개를 들자 거기에는 3층짜리 큰 건물이 있었다. 다른 건

조물과 마찬가지로 벽돌로 지었지만 컬러풀한 장식이 붙어 있다. 철문이 열려 있어서, 안쪽에서 새어나오는 경쾌한 음악과 사람들의 환성이 들렸다.

간판에는 '카지노 파라곤' 이라고 적혀 있다.

그 옆에는 내 키만큼 될 법한, 손 안의 칩과 같은 모습의 구리 장식품이 붙어 있었다.

"그 여자에게도 좋은 점이 있었네."

이 칩은 여신의 선물이다. 분명히 카지노에서 쓸 수 있겠지. 하나뿐이라니 쩨쩨하지만 나라면 늘릴 수 있다.

"좋아, 잠깐…… 어라?"

약간 어두운 골목 입구에 있던 소녀와 눈이 마주쳤다. 소녀는 내 시선을 알아채자 눈길을 피하고, 누더기 같은 망토를 잡아 깊게 눌러썼다. 그리고 몸을 움츠렸다.

잡아 먹거나 하진 않을 텐데.

뭐, 아무래도 상관없지.

도박장에 가자. 내 두 번째 인생이 시작된다.

02

포커페이스는 갬블의 기본이다.

감정을 드러낸다는 건 자신의 생각을 상대가 알아챔을 의미한다. 일류 플레이어라면 승리가 확정되어도 표정을 바꾸지 않는다. 알기 쉽게 말해, 기뻐하지 않는다. 왜냐면 이미 다음 승리를 생각하고 있기 때문이다.
"자, 풀하우스. 내 승리야."
여섯 명이 둘러앉은 테이블의 승자는 또다시 나.
"젠장! 또 당했나!"
"나 참! 이상한 옷 입은 꼬맹이가 운도 좋구만!"
다른 플레이어가 몇 번째인지 모를 투덜거림을 내뱉었다. 무리도 아니겠지. 내 앞에는 원래 그들의 것이었던 칩이 산처럼 쌓여 있었다.
——이세계라도 문제는 없다.
'파라곤' 은 카지노다 보니 이 세계치고는 내부 장식이 호화로웠다. 술집 같은 분위기지만 학교의 체육관 정도로 넓고 깨끗했다. 아마 코즈벨트에서도 손꼽히는 카지노인 모양이다. 슈트처럼 보이는 깔끔한 예복 차림의 딜러가 정중히 접객을 해 주었다.
의외였던 건 다루는 갬블이 익숙한 것뿐이었다는 점이다. 룰렛, 블랙잭, 바카라——. 김빠진다고 할 수도 있지만, 일단 오늘의 생활비가 필요한 내게는 고마운 일이었다.
나는 포커 테이블에 앉아 연전연승했다. 같은 테이블의 녀석들은 같은 종족인지 짐승 같은 체모가 전신에 나 있었지만 일반 시민이리라. 털 때문에 표정을 읽기 힘들지만 수는 읽기 쉬웠고, 무엇보다 감정을 소리 내어 드러내는 경우가 많았다.
"어이, 이것 봐."
"굉~장한데."
"속임수라도 쓰고 있는 거 아냐?"

정신이 들자 사람이 잔뜩 모여 있었다. 좀 과하게 눈에 띈 모양이다.

"손님."

고개를 들자 검은색 재킷과 스커트 차림의 젊은 여자가 있었다. 하나로 묶은 머리, 미소 뒤로 보이는 눈동자의 색에서 강한 의지가 엿보인다. 눈을 가늘게 뜨고 미소 짓고 있기도 해서, 온화한 분위기를 풍겼다.

스태프인가.

"무슨 용건?"

"큰 승리를 진심으로 축하드립니다. 저는 이 도박장의 지배인인 카멜리아 파라곤이라고 합니다. 고객님의 승리를 축하하기 위해, 꼭 별실에서 축배를 대접하고 싶습니다만……."

손님들이 술렁거렸다. 얼굴이 잘 알려진 인물인가 보다. 내게 야유를 퍼붓던 테이블의 다섯 명도 지금은 입을 다물고 있다.

"그거 거창한 접대인걸. 잭팟을 터트린 것도 아닌데 그렇게까지 큰 승리라곤 할 수 없지 않아?"

"겸양하지 마시고……. 사소하지만 서비스랍니다. 부디 안심하세요. 그렇지, 테이블이라도 함께하면 어떠실까요? 특별한 갬블을 준비하겠습니다."

"그거 참 혹하는 이야기네요."

일어선다.

내 경험상 지배인이 손님에게 말을 거는 이유라곤 둘밖에 없다.

하나는 도박장에서 큰돈을 쓰는 단골, 흔히 말하는 하이롤러에게 인사할 때다.

다른 하나 쪽을 더 잘 안다.

"환전해 줘. 이만 돌아갈게."

"……알겠습니다."

생각이 과한 걸지도 모르지만, 이제 죽는 건 싫다.

주먹 두 개 정도 크기의 삼베 주머니를 손바닥 위에서 툭툭 던진다.

주머니 안에는 동전이 가득하다. 묵직하고 확실한 무게가 느껴졌다.

이 세계에서의 통화 단위는 루스라고 하는 모양이다. 딜러에게 물었더니 의아해하는 표정을 지었지만, 100루스로 빵 하나를 살 수 있을 정도라고 한다. 즉, 일본의 엔화와 가치는 크게 다르지 않다.

도박장에서 번 돈은 380만 루스였다. 칩 하나로 시작해서 이만큼 불렸으니 나도 제법이다. 그렇다곤 해도 지배인이 말을 걸 정도의 승리는 아닐 텐데.

"아~ 배고파……."

하지만 내가 지금 신경 쓸 일은 아니다.

이미 해가 지고 길이 오렌지색으로 물들고 있다. 꽤 오랫동안 포커를 치다 보니 배고픔이 한계에 달했다.

주위를 둘러봤다. 포장마차에서 풍기는 냄새가 콧속을 간지럽힌다.

"어이, 들었냐?"

문득 근처에 있던, 닭처럼 볏이 있는 남자가 숨죽여 말하는 걸 눈치챘다. 그런데 목소리는 고음에다 커서 도리어 소란 속에서도 확실히 귀에 들어왔다.

"아, 왕위 계승전 말이지? 다음 왕은 누가 되려나. 뭐, 어차피 갬블로 결정하니까 누구도 예상할 수 없겠지만."

비늘 피부를 가진 남자가 어깨를 으쓱하며 대답했다.

왕위 계승전……?

생소한 말이지만 이곳은 이세계다. 내 쪽에서는 아는 게 적을 정도다. 여신이 언어 능력을 주었지만 이제부터 공부해야만 할 일이 산더미처럼 있다.

눈앞의 포장마차에서는 중년 인간 같은 여성이 철판에서 녹색 면을 볶고 있다. 국물을 뿌리자 주위에 시고 쓴 향기가 퍼졌다. 내가 아는 소스가 졸아드는 냄새와는 다르다.

침을 삼켰다.

"아줌마, 그 야키소바 같은 걸 하나——."

말을 거는 순간이었다.

"폭주마다!!"

……응?

내 발밑이 약하게 흔들리기 시작했다. 점점 크게 흔들린다.

목소리가 들린 쪽으로 눈을 돌리자 거리의 사람들이 당황해 정신없이 곳곳으로 달리고 있었다. 그 소란의 중심에 있는 건──.

"말……이라면서……?"

그건 말을 닮았을 뿐인 괴물이었다. 몸 길이 3미터 정도. 거미처럼 몸통에서 뒤집힌 V자 형태로 다리가 뻗어 있다. 그것도 여섯 개. 어처구니없이 두꺼워서, 인간 따위 가볍게 짓뭉갤 수 있을 정도였다.

"우, 우와아아아아아아아아아아악!"

나는 절규했다.

"치안 유지대를 불러어어어!"

"도망쳐어어어어어어!"

시민들이 비명을 질렀다.

괴물은 흥분했는지 한쪽 눈이 충혈되고 입에서 침을 흘리고 있다. 코끼리의 포효나 금관악기처럼 공기를 잡아 찢는 소리로 으르렁거렸다.

다리를 쉴 새 없이 움직여 이쪽을 향해 고속으로 이동해 온다.

"위, 위험해! 진짜로! 위험해!"

짓밟히거나 하지 않고 부딪히기만 해도 치명상을 피할 수 없겠지. 괴물은 순식간에 내게서 몇 미터 앞까지 다가왔다. 마음만 급해서 몸이 생각대로 움직이지 않는다.

시간이 느릿하게 흐르는 것처럼 느껴졌다.

──하지만 느릿하게 움직이면 나는 확실히 죽는다.

"…………!"

어찌 보일지는 생각 않고 옆으로 몸을 날렸다.

착지 따위는 생각하지 않았기에 돌로 포장된 도로에 머리를 찧었다.

어지러움을 떨쳐 내고 고개를 들자 이미 괴물은 멀리 도망간 후였다.

"아, 아야야……."

나는 무릎에 손을 얹으며 천천히 일어나 교복에 묻은 먼지를 털었다.

……응?

문득 위화감을 느꼈다.

주위를 둘러보고 간신히 원인을 깨달았다.

너무 조용하잖아.

괴물이 날뛰며 거리를 질주했지만 이 주변에 있는 거리 사람들은 무사했다. 그런 상황에서 누구 한 명도 소리를 내지 않는다. 옆 사람과 살았다고 기뻐한다거나, 폭주마를 풀어 놓은 인간에게 불평을 한다거나 해도 좋지 않나?

게다가 모두가 같은 곳을 보고 있다.

시선 끝에 있는 것은…….

"돈이다 돈이다 돈이다아아아아아아아아!"

사람들이 일제히 소리쳤다.

그들이 주목하는 것은 몸을 날리느라 사방에 흩어져 버린 내 돈.

일제히 달려들었다.

"어, 어이어이어이! 그건 내── 켁!"

막으려는 내 배에 야키소바를 만들고 있던 아주머니의 팔꿈치가 꽂혔다. 몸을 웅크린 나를 몇 명이 밟고 지나갔다.

"끄아아아아아아아아아아아악!"

아무도 듣지 않는다. 폭주마에게 짓밟힐 위기를 피한 줄 알았더니 사람들의 발이 내 얼굴을 짓밟고 지나간다.

그래도 일어났다.

"자, 잠깐! 기다려어—— 끄악!"

문자 그대로 바위 같은 몸을 가진 남자에게 목을 붙잡히고, 그대로 인파에서 상공으로 던져졌다. 잠시 부감하며 그 상황을 보자, 20명 정도의 사람들이 모여 있었다.

멋지게 낙법에 실패하고 건물 벽에 처참하게 부딪친 후 추락해 기절했다.

정신을 차리자 사람들은 금세 흩어져 인파 속으로 사라진 후였다.

나는 지면에 엎어진 채로 고개를 들어 돈이 있던 장소를 봤다. 기대는 안 했지만 당연히 돈은 흔적도 없이 사라져 있었다. 누가 주웠는지조차 짐작할 수 없다.

"저, 정말이야……?"

나는 전재산을 잃었다. 무일푼으로 되돌아가…… 아니, 칩 하나 없으니 상황은 더 나빠졌다.

나는 멍해 있었다. 이런 말도 안 되는 일이 있다니…….

……아니, 냉정해져라, 우인 마사루.

이곳은 이세계. 문화도 다른데 시민에게 괜한 기대를 한 건 내 쪽이다.

공복은 큰 문제지만 하루쯤 먹지 않아도 죽지는 않는다. 어찌어찌 다시 갬블만 할 수 있다면 어떻게든 된다.

이 세계는 갬블을 장려하고 있으니 도박장은 얼마든지 있겠지.

뭣하면 길거리 갬블이라도 상관없다.

"……저주라고 생각해요. 그것도 상당히 강력한."

"어?"

눈앞에 소녀가 있었다.

눈썹 앞에서 일자로 자른 금발과 소녀답게 잡티 하나 없는 아름다운 피부. 어린 것치고는 뚜렷한 이목구비를 가지고 있다.

인형처럼 아름다운 몸과는 대조적으로, 넝마를 간신히 이어 붙인 듯한 망토를 두르고 있다. 너덜너덜해진 나는 더 이상 남 말을 할 처지가 아니지만, 잘라 말해서 볼품없다.

얼굴 면적에 비해 커다란 눈이 나를 똑바로 바라보고 있다.

"아……."

특징적인 외모의 소녀였지만, 무엇보다 눈에 띄는 것은 귀가 이상하게 길고 끝이 뾰족하다는 점이었다.

"어, 혹시…… 엘프란 건가?"

소녀는 내 말 따위는 신경 쓰지 않고 중얼거리듯 계속 말했다.

"이 정도의 마력을 느낀 건 처음이에요. 얼마나 대단한 술자여야 가능할지 상상도 안 가요. 운명에 작용하는 마법 같지만, 그런 걸 받는 사람은 좀처럼 없어요. 그러네요, 신적인 존재가 관

여하고 있다고밖에 생각할 수 없어요……. 아아, 아아! 그렇다면 얼마나 대단한 일일까요."

소녀는 나에게 한 걸음 다가와서 내 얼굴을 올려다보았다.

이해할 수 없는 말을 빨리 떠들고 있다.

"이봐."

"오호호잇!"

자칫하면 서로의 얼굴이 닿을 정도 위치에 있던 소녀를 밀어냈다. 소녀는 정말로 나를 보면서도 나를 신경 쓰지 않았는지 놀라서 기괴한 소리를 냈다.

"뭐야, 너……. 나에게 용건이라도 있어?"

소녀는 한 걸음 물러나서는 파이팅 포즈를 잡았다. 경계심에서 취한 자세겠지만, 뭐라고 해야 하나, 팔이 너무 가늘어서 엄청나게 걱정된다.

잠시 침묵이 흐른 뒤, 소녀는 양손을 내렸다.

"시, 실례했어요……. 당신에게 걸려 있는 마법이 너무나도 특이한 것이라서 그만……."

"마법? 무슨 소리야. 나에게 걸렸다는 건 어떻게 알았어?"

"으아앗, 한꺼번에 묻지 말아 주세요."

후우, 후우. 소녀는 라디오 체조 같은 동작으로 몇 번이고 심호흡을 했다.

"엄밀히 따지면, 제가 말하는 건 '저주'로 마법의 일종이에요. 풀리지 않는 한 대상자에게 반영구적으로 효력을 발휘하고, 일반적으로는 그 사람에게 손해가 되는 일이 계속 발생해요. 다만 인간의 운명에 영향을 주는 마법은 그 정도가 낮아도 구성이 어렵고 막대한 마력을 소모해요. 전설의 대마도사 피피 발덴클라인은 복수의 마법을 사용할 수 있었다는 것 같지만 보통 사람이라면 마력이 부족해서 반영구적으로 지속시키는 건 불가능에 가깝죠."

"마법이라고?"

의심하는 건 아니지만, 나는 나도 모르게 코웃음을 쳤다. 아인도 있고 몬스터도 있는 세상이다. 각오는 했지만, 새삼 진지한 얼굴로 말하는 걸 들으니 순순히 받아들이기는 어려웠다.

그렇다곤 해도 이 소녀가 거짓말을 하는 것 같지는 않다.

"소양이 있는 사람이나 민감한 사람이 보면 저주가 걸려 있다는 건 눈치챌 수 있어요. 불길한 분위기가 떠돈다고 할까요, 뭔가 풍경에서 붕 떠 있는 것 같다고 할까……. 당신의 경우 심장 근처에 검은 안개 같은 게 달라붙어 있는 것 같네요. 아, 참고로 저는 이래 봬도 잠재 마력이 대단하다고 촌장님이 칭찬해 준 적도 있어서——."

"알았어 알았어! 이제 됐어."

놔두면 언제까지고 떠들 것 같다. 그보다 본론에 들어가고 싶다.

"나에게 걸린 저주는 어떤 거야?"

"저주의 내용은 시간을 들여 충분히 분석해야 알 수 있지만, 분위기에서 어느 정도 짐작할 수는 있어요. 그러네요……. 검은 안개가 뭔가에 반발하고 있는 느낌이에요. 그 대상보다도 당신 쪽에서 멀어지려 하는 듯한, 그런 느낌이에요. 안 돼! 라고 말하

고 있는 것 같은 이미지네요."

이쪽을 향해 손바닥을 척 내밀며 그렇게 말했다.

그 말을 들으며 나는 여신의 말을 떠올렸다.

못된 짓으로 번 돈은 손에 남지 않는다……. 여신은 확실히 그렇게 말했다.

"진짜냐고……."

나는 두 손으로 얼굴을 가렸다.

지옥이란——.

욕망을 이루지 못하는 것이 아니다. 욕망을 눈앞에 두고 있는데도 절대로 이루지 못하는 것이다.

그게 가장 지독하다.

갬블이라서 재미있는 게 아니다. 갬블에 뭔가를 건다는 게 갬블을 재미있게 하는 것이다. 절대로 지고 싶지 않은 자들끼리 전신전령, 자신의 모든 존재를 건 승부이기에 마음이 뛰는 법이다. 그런 갬블이 이 이세계에서는 있을지도 모른다고 마음속 어딘가에서 기대하고 있었다.

하지만 이래서야…….

"어, 어이……. 이 저주란 걸 풀 방법은——."

그때 멀리에서 남자의 고함 소리가 들려왔다.

"으아앗……. 주인님이 부르고 계세요. 그러고 보니 심부름 중이었어요. 그럼 저는 이만. 낙심하지 말아 주세요. 서로 힘내죠."

"잠깐!"

제지해도 듣지 않고, 소녀는 나보다도 내게 걸린 저주에 아쉬움이 남은 듯한 시선을 보내며 잰걸음으로 사라졌다. 쫓아갔지만 키가 작아서 인파에 섞이니 놓치고 말았다.

……그곳에 굳어 있을 수밖에 없었다.

갬블로 번 돈은 내 손에서 떠나가는 것이다.

반드시 지는 갬블──.

이겨도 져도 결과가 같은 승부 따윈 진정한 갬블이 아니다.

나는 내 존재 의의인 갬블을 봉쇄당한 것이다.

03

"이쯤에서 그만두지. 환금해 줘."

나는 다시 도박장에 왔다. 규모는 파라곤보다 작지만 붐비는 카지노다. 종잣돈은 여기서 주운 칩 하나. 간신히 파라곤에서 번 금액의 절반 정도까지 불리는 데 성공했다.

스스로 말하는 것도 뭣하지만 연속으로 칩 하나에서 이만큼 불리는 건 극히 어려운 일이라고 생각한다.

문제는 여기서부터다.

나에게는 저주가 걸려 있다고 한다. 믿기 어려운 이야기지만 여기가 내게 지옥인가 아닌가 하는 점은 그렇다 쳐도, 물리적으로 밥을 먹을 수 없게 되는 것도 문제다.

저주가 아니라면 갑자기 폭주한 몬스터가 돌격해 와서 번 돈을 길거리에 흘리는 일 따위가 일어날까. 대책을 세우지 않으면 또 같은 일을 반복하게 된다.

거의 하루 동안 아무것도 먹지 않았다. 아무튼 뭐라도 좋으니 배를 채우고 싶다.

카지노를 나오자 도시 곳곳에 횃불이 켜져 있었다. 전기가 들어오지 않으니 불로 조명을 만들 수밖에 없는 거겠지.

칩에서 환전한 돈을 몸 곳곳에 숨겼다. 주머니는 물론이고 신발 바닥과 팬티 안까지. 완전히 알몸이 되는 게 아닌 한 이걸 전부 떨어뜨릴 일은 없다.

——.

————.

————나는 저주의 존재를 확신했다.

"옷 벗어."

밥을 먹으려고 대로로 나선 순간 갑자기 골목길에서 손이 뻗어 나왔다. 도움을 요청할 틈도 없이 끌려 들어가자 남자가 다섯 명 있었다. 전원 인간이었지만 얼굴은 아인처럼 무섭고 우락부락한 체구였다. 삼베로 된 반소매에서 보이는 팔은 내 허벅지만큼 두꺼웠다.

완전히 둘러싸여 도망칠 곳도 없다.

"돈은 줬잖아. 왜 옷을 벗으라는 건데. 필요 없잖아."

"적다고. 다 봤거든~. 좀 더 벌었을 거야. 어차피 옷 안에 숨긴 거지? 다 내놔. 아니면 내게 옷을 벗겨 달라는 거냐?"

리더 같은 남자가 이죽거리며 내 어깨를 팡팡 쳤다.

"후…… 후후후……."

"엉? 왜 웃고 자빠졌냐……."

"하하하하하하하!"

내가 소리 높여 웃자 남자들은 입을 다물었다. 꽤나 기분 나쁘게 보였으리라.

나는 웃으며 울고 있었다.

저주는 진짜다. 내가 갬블로 번 돈은 쓰기도 전에 모두 없어진다. 아마 물건을 걸어도 마찬가지겠지.

자랑은 아니지만 갬블을 제외하면 나는 무능하다고 해도 좋다. 체력도 정신력도 학력도, 덤으로 스트레스 내성도 없다. 갬블 외에는 먹고 살 수단이 없는 건 확실히 안다.

하지만 궁극적으로는, 밥을 못 먹는 것조차 아무래도 좋았다. 마음만 먹으면 구걸을 해서든 흙탕물을 마셔서든 살 수는 있겠지.

아니, 죽든 살든 아무래도 좋아졌다.

이 저주의 무서움은 갬블 자체를 할 수 없게 되는 것과 매한가지라는 것이다. 갬블은 돈을 벌 기회와 잃을 리스크가 공존한다. 그 찬스가 전혀 없어지면 당사자에게 그 갬블은 성립하지 않는다.

반드시 패배하는 갬블 따위 돈을 시궁창에 버리는 거나 마찬가지다.

여신은 갬블이 내 존재 의의라는 걸 알고 있었다. 갬블에서만 자신을 발견할 수 있는 인간에게서 갬블을 빼앗으면 이젠 산송장이나 마찬가지다.

나는 바지 단추에 손을 대고 그대로 힘껏 내렸다.

"아무래도 좋아……. 이제 재밌는 일도 없어……."

헐렁거리는 교복 바지에서 발을 빼내는 나를 본 남자들은 당황하기 시작했다.
"아니, 바지부터 벗지 마! 보통은 상의부터 벗잖아!"
"아무래도 좋아……. 너희 맘대로 해……."
"돈만 주면 되거든?! 뭔가 다른 각오를 한 거 아니냐?! 아니, 네 팬티 이상하지 않아?"
내가 중요한 순간 입기로 했던 금색 팬티에 손을 댄 순간.

"잠깐!"

뒷골목 좁은 길에 힘찬 목소리가 울려퍼졌다.
"그 소년에게서 떨어져라!"
남자들이 일제히 목소리의 주인공을 보았다.
"네년은 누구야?"
"나는 엔파리스 남작의 딸 릴레네! 기사로서 너희의 악행을 두고 볼 순 없지!"
여자였다.
하나로 묶은 은발이 뒷골목에 불어닥친 바람에 나부끼고 있다. 기둥처럼 꼿꼿이 선 모습. 몸을 덮고 있는 탁한 색 갑옷이 뒤쪽에서 비치는 횃불의 빛으로 유난히 빛나 보인다. 허리에 매단 검의 존재감에도 지지 않을 정도로 용맹스러움이 넘치는 얼굴이었다.
리더 격인 남자가 혀를 차며 미리 준비해 뒀을 변명을 했다.
"어이어이, 바쁜 상황인 걸 모르겠어? 우리는 이 녀석에게 빌려준 돈을 회수하는 중이야. 꺼져."

"거짓말 마라! 어떻게 봐도 그 남자의 정조를 빼앗으려는 참이잖나!"

"아냐! 웃기지 마! 이 자식이 멋대로 팬티를 벗고 있을 뿐이야!"

짜증 난다는 듯 외치다가 뭔가를 깨달은 모양이다.

"……설마 너 혼자냐?"

"그게 어쨌다고?"

깡패들이 릴레네라고 자칭한 여자에게 다가갔다.

"헹. 그럼 딱 좋지. 어이, 자식들아! 호구가 늘었다!"

제각각 소녀에게 덮쳐든다.

5 대 1. 게다가 남자와 여자.

"도, 도망쳐——."

나는 자기도 모르게 이곳을 떠나라고 재촉하려 했다.

하지만 릴레네는 '흥.' 하고 콧소리를 내고는 말 꼬리 같은 머리카락을 등 뒤로 넘겼다. 그리고 검집을 허리의 벨트에서 떼어냈다. 느릿하게 움직이는 듯 보였는데 남자들은 아직도 그녀에게 접근하지 못했다.

들어본 적이 있다. 무술 달인의 완성된 동작은 눈으로 좇을 수 있을 듯한 착각을 일으킨다고 한다. 하지만 몸은 절대로 뒤따르지 못한다.

팔만큼이나 긴 검을 검집에서 빼지 않은 채 양손으로 쥐고 자세를 잡았다.

——그 순간.

남자들의 몸이 날아갔다.
"?!"
무슨 일이 일어났는지 알 수 없었다. 남자들의 주먹이 닿으려는 순간에 릴레네가 움직인 건 확인했지만, 눈을 깜빡이는 사이에 남자들의 거구가 뒤로 날아갔다.
아니, 공중으로 날아간 것이다.
릴레네가 엄청난 속도와 기세로 검을 휘둘렀다.
순식간에 세 명이 회오리바람에 휘말린 목장의 어린 양처럼 벽과 지면에 충돌해 신음했다.
"이게 무슨……! 이 년이이이이!"
네 번째 남자가 릴레네의 기술에 멈칫하는 순간 칼집이 명치에 박혔다.
"끄억……."
이번에는 릴레네 쪽이 거리를 좁히려 했다. 그러자 등 뒤로 돌아서 있던 리더 격 남자가 주운 목재를 휘두르려고 했다. 싸움에 익숙한 움직임으로, 딱 좋은 타이밍이었다.
"위험해!"
내가 소리를 질렀다. 검으로 막을 순 없다.
목재가 릴레네의 머리를 노리고……!
"……!"
——태애앵.
작은 종을 두드리는 듯한 소리가 뒷골목 벽에 울려 퍼졌다.
남자는 움직임을 멈췄다.

"멍청한 놈. 땅바닥이나 열심히 기도록 해라."

릴레네가 남자의 가랑이를 걷어찼다.

목재는 고개를 약간 기울인 릴레네의 어깨 장갑에 부딪혔을 뿐이었다. 분명히 그녀에게는 남자의 움직임이 전부 보였겠지.

바닥에 쓰러진 남자를 확인한 릴레네가 내 쪽으로 다가왔다.

"그럼…… 빨리 가지. 이 녀석들이 일어나면 귀찮다."

"……."

나는 서둘러 바지를 주워 입었다.

릴레네는 내 앞에 서서 곧은 시선을 보냈다. 안에 불이 피어오르는 듯한, 탁함이 없는 눈동자였다.

"안심하도록. 나는 아까 말한 대로 기사다. 네게 해가 될 짓을 할 생각은 없다."

"……나에게 무슨 용건이 있어? 자비심만으로 도와줬을 리는 없잖아. 애초에 이렇게 아무것도 없는 뒷골목에서 우연히 만나다니 이상해."

"음……."

신음하며 입가를 씰룩거린다. 아무리 기다려도 상반신을 좌우로 꼬고 있을 뿐이라 나는 기다림에 지쳤다.

"말 안 할 거라면 난 간다. 도와줘서 고마워. 그럼——."

그러자 릴레네가 급하게 말했다.

"아, 알았다! 말한다, 말하겠다……."

"빨리 해 줘."

어흠. 릴레네는 기침을 했다.

"——나는 너를 원한다!"

"어엉?"

"음…… 앗! 바바바바방금은 표현이 이상했군……. 다시 말할 테니 잊어라……. 다시 한번 말하지. 내——."

붉게 물든 얼굴을 짝짝 때리고는 눈을 부릅뜨고 주먹을 뻗었다.

"내 대타가 되어 다오!"

"어엉?"

나는 두 번째 의문사를 입에 담았다.

04

거리의 식당 겸 선술집이라고 해야 할 곳이리라.

횃불의 은은한 빛이 비치는 가게 안에는 밥을 먹는 사람도 있고 동료들과 시끌시끌 떠들며 술을 마시는 자도 있다. 시끌벅적했다.

나는 저녁밥을 개처럼 배에 욱여넣고 있었다.

저주 때문에 의기소침해서 걸을 기력도 없었지만 릴레네에게 이끌려 왔다. 한 입 억지로 입에 넣자 공복감이 되돌아왔다. 떡 같은 식감의 고기를 냄새가 강한 향초와 함께 끓인 요리였다. 백미는 없는 듯 호밀빵과 세트로 나왔다.

"어때, 맛있나?"

"으응……. 아으이 아아……."

떡고기를 씹으며 대답했다. 맛은 나쁘지 않다.

"너무 서두르지 마. 느긋하게 맛보도록 해."

릴레네는 갑옷을 입은 채로 마주 앉아 있었다. 구리 세공이 된 컵으로 포도 주스 같은 것을 홀짝홀짝 마시고 있다.

나는 순식간에 세트를 비웠다. 냅킨으로 입을 닦는다.

"미안. 도와줬는데 밥까지 사게 해서."

나는 카지노에서 번 돈을 그곳에 있던 거지들에게 나눠주었다. 갖고 있다가 또 재앙이 닥치면 대책이 없다.

"……그런데."

"뭐지?"

"이 고기 더 주문해도 돼? 처음 먹어 보는데 끌리는걸."

"……마음대로 해라."

나는 주방에 있는, 몸집이 작고 코가 이상하게 긴 아저씨에게 주문했다.

"……그런데 너, 쫄깃돼지를 처음 먹는다는 게 사실인가?"

"방금 그 쫄깃쫄깃한 고기를 말하는 거지? 그래, 처음이야. 이런 게 있다니 이 세상은 재미있네."

"그 고기는 이 근방에서는 가장 자주 먹는 축산물이야. 이방인인가?"

나는 자기도 모르게 웃었다.

"이방인이라. 그러네. 난 이방인이야."

다른 세계에서 왔다고는 말할 수 없었다. 어차피 말한다고 믿어 줄 리 없고, 나는 이 세계의 주민으로서 살아가야 하니 어디에서 왔는지는 소소한 일이다.

“너야말로 대체 뭐 하는 녀석이야. 아까 이름을 말했었지. 으음, 엔, 엔…….”

“릴레네 엔파리스다. 엔파리스 남작의 외동딸이고 기사다.”

조금 전의 검술, 아니, 검을 뽑지 않았으니 정확히 말하면 체술일지도 모르지만 어지간히 싸움에 익숙한 놈들도 상대가 안 될 전투력이 있었다. 상당한 훈련을 했겠지.

“남작이라면 귀족인가……. 아니, 그렇다고 해도――.”

나는 나무 테이블에서 보이는 그녀의 상반신을 꼼꼼히 살폈다.

“아까는 깨닫지 못했는데, 어째 그 갑옷 좀 낡지 않았어?”

뒷골목에 있을 때는 횃불의 후광이 비쳐서 빛나는 것처럼 보였지만 가까이에서 다시 관찰하자 군데군데 크고 작은 상처가 있다. 상당히 오래 쓴 것 같다. 여성용인지 다소 부풀어 있는 가슴께의 금속판에는 둔기로 두들긴 듯 오목한 부분이 있다.

“그렇게 말똥말똥 보지 마라!”

팔로 자기 몸을 감싸며 허리를 비튼다. 붉게 물든 얼굴에서는 강인함은 느껴지지 않고 소녀의 분위기가 물씬 풍겼다.

“너, 몇 살이야?”

“열일곱이다.”

“흐음, 나랑 같잖아. 그래서, 그 귀족집의 열일곱 살짜리 딸이 이런 곳에서 뭘 하고 있는 거야.”

“…….”

릴레네는 대답하지 않고 고개를 돌린 채 주스를 마셨다.

지금 깨달았지만, 릴레네는 오른쪽 검지에 주홍색으로 빛나는 보석이 박힌 반지를 끼고 있었다. 그녀의 꾀죄죄한 갑옷과는 달리 자체적으로 빛을 내는 것처럼 보일 만한 존재감이 있다. 일본에서 팔면 말도 안 되는 가격이 붙을 것 같다.

"나에게 대타를 해 달라고 했었지. 밥을 사 준 것도 그것 때문일 테고. 빨리 본론으로 들어가자."

"……으음."

뭔가 말하기 어려운 내용인가 보다.

나는 릴레네를 지긋이 바라보았다. 잠시 침묵이 흐른다.

"쫄깃돼지와 호이호이 풀 조림 나왔습니다."

아저씨가 나와 릴레네 사이에 세트를 놓았다. 그녀에게서 눈을 떼지 않고 호밀빵을 들어 씹는다. 쓸데없이 눈을 자주 깜빡인다고, 릴레네.

"……너에게 대타를 부탁하고 싶다는 건 아까 말한 대로다."

"결국 말할 거라면 괜히 시간 끌지 말라고."

"이방인이라고 했는데, 왕위 계승전에 대해 들은 적 있나?"

왕위 계승전――.

오늘 길거리에서 우연히 들은 말이 귓전에 맴돈다.

"들은 적은 있어. 갬블로 다음 왕을 결정한다는 거였지, 아마."

릴레네는 자세를 고치고 예의 바르게 다시 앉았다.

양손을 무릎에 대고 고개를 숙였다. 그리고 결심한 듯 힘차게 고개를 들었는데, 눈물이 그렁그렁한 눈이었다.

“나는 왕위 계승권자다. 내 인생이 걸려 있다고 해도 과언은 아냐. 아니, 반드시 승리해야만 해.”

“…….”

인생을 건 갬블…….

쿠웅――.

그러자 가게 안에 있는 사람들의 시선이 일제히 우리 테이블로 모였다. 릴레네가 양손으로 테이블을 내려친 것이다. 덤으로 머리도 박았다.

“어, 야야……. 뭘 하는 거야. 아플 거 아냐.”

기세 좋게 고개를 드는 릴레네. 이마에서 가느다란 핏줄기가 흐르고 있다.

“다시 한번 말하지. 마사루, 너에게 대타를 부탁하고 싶다.”

“…….”

“왕위 계승전이 갬블로 진행되는 것은 갬블로 지도자에게 필요한 자질 전부를 시험할 수 있다고 믿기 때문이다. 이건 건국 이래의 국가 지침이기도 하며, 보는 대로 이 나라에서 갬블을 하지 않는 자는 거의 없다.”

갬블로 왕의 자질을 시험한다고? 도박에 그런 대단한 의미가 있을 것 같진 않은데…….

“왕위 계승전은 극히 간단한 규칙으로 진행된다. 왕위 계승권이 있는 자, 즉 왕위 계승권자가 777명 모여서 일정 기간 동안 각각 갬블을 해서, 마지막까지 승리한 사람이 왕이 된다.”

“헤에…….”

“왕이 결정된 후 진행되는 왕위 계승 의식은 엄숙하고 진중하게 진행된다. 국교가 있는 국가의 요인들이 모이지.”

다른 나라까지 끼어들 정도로 중요한 일인가.

릴레네가 오른손을 앞으로 슥 내밀었다.

“이 반지가 왕위 계승권자라는 증거다. 얼마 전, 내 영지에 사자가 전하러 왔지. 그래서 왕도까지 부랴부랴 찾아오게 된 거다.”

릴레네는 손바닥을 뒤집어 주먹을 꽉 쥐었다. 그 주먹에 힘이 들어가 부들부들 떨렸다.

“하지만……. 하지만 나에게는 문제가 있다…….”

“응.”

“나는, 거짓말을 못한다!”

“……응?”

“나는 엔파리스 남작의 정당한 후계자로서 아버님의 신념에 충실하게 살아왔다. 아버님은 정직이 최고의 가치라 믿으며 살아 오셨기에 속고 속이는 갬블은 가장 서툰 것이셨지. 실제로 어렸을 때 아버지와 도둑잡기를 100번 했는데 한 번도 지지 않았다.”

“그건 정말 이상한데.”

“내가 아버지가 든 도둑 카드에 손을 대면 아버지가 작게 고개를 저었거든…….”

릴레네는 아련한 눈으로 위를 바라보았다.

“그 정도면 병적인걸.”

“그런 아버지 혼자 키워 주신 나는 철이 들 무렵에는 거짓말을 못하게 되어 있었지. 그래서 나는 왕이 되기 위해 대타를 찾아 돌아다녔다. 그러다 발견한 게 마사루 너다. 너를 구할 수 있었던 것도, 카지노에서 크게 승리한 네 뒤를 쫓고 있었기 때문이지."

대타.

갬블을 할 때 본인을 대신해 불려 나온 플레이어를 말한다. 나도 일본에 있을 때 몇 번 의뢰받은 적이 있다.

그리고 살해당했다.

"사실 갬블처럼, 신세를 망치는 자도 있는 어리석은 짓을 하는 건 본의가 아니다……. 하지만 나는 왕좌를 손에 넣어야만 해……."

"어리석은 짓이라니……."

"갬블러라면 더욱 그렇다! 노력하지 않고 돈을 얻으려는 얄팍하고 약한 마음가짐……! 분명히 말하지만 나는 너 같은 부류가 싫다."

갑자기 매서운 비판을 해 왔지만 밥을 얻어먹고 있는 입장에선 반박할 수 없다. 꽤나 강직한 여자구나. 사실 나에게 의뢰하는 것도 내키지 않았겠지. 그래서 아까부터 말을 애매하게 했던 거다.

"잠깐만 기다려 봐. 나는 그렇다 치고, 대타 같은 걸 써도 되는 거야? 그 왕위 결승전에서 중요한 지도자 자격을 시험할 수가 없잖아?"

"그렇지 않다. 강한 대타를 데리고 나오는 것도 능력 중 하나겠고, 애초에 실제로 대타를 쓰는 계승자 따위는 거의 없으니까."

어째서. 갬블 솜씨가 뛰어난 녀석만 선택되는 건가?

"그런 건 아무래도 좋다. 엔파리스 가문의 가주로서 너에게 대타를 부탁하고 싶은 거다. 사실은 갬블러가 아닌 자를 뽑고 싶었지만 이제 시간이 거의 없어. 일단 이번 한 번만이라도 네게 계승전을 맡길 수 있다면 그걸로 충분하다."

입술을 삐죽거리며, 말을 내뱉듯 부탁하고 있다.

"왜 그렇게까지 해서 왕이 되려는 거야. 귀족이라면 충분할 만큼 돈을 쓸 수 있지 않아? 그 돈으로 누군가 강한 대타를 데려오면 되지 않나?"

릴레네는 갑옷의 어깨 부분을 쓰다듬으며 서글프게 시선을 떨궜다.

"내 아버지 릴리스랄 엔파리스는 싸움의 공적으로 영지를 하사받은 기사 출신 귀족이었다. 전쟁 중에도 쓸데없는 살육과 약탈은 전혀 하지 않았다고 하지. 그 소문 덕분인지 때로는 적국 영지의 백성이 아버지의 전단을 환영했다는 일화마저 있다……."

"……."

"아버지는 종전 후, 선정을 펼치는 것에만 전념했다. 늘 말씀하셨지. '정치란 계속해서 백성의 안전과 안심만을 고민하는 것이다.' 라고……."

"……."

"영지 주민이 얼마나 행복해하는지는 왕의 귀에까지 들렸다고 할 정도다. 하지만 다른 귀족과 상인이 질시한 결과 백성들이 신봉하는 걸 도리어 트집 잡혀 내란죄 혐의를 뒤집어쓰고서 사형 집행을 기다리는 신세다."

릴레네의 눈에 눈물이 맺혔다.

"이미 재산도 대부분 빼앗기고 말았다. 지금은 밤톨만 한 부지에 낡은 저택 하나만 남았을 뿐이지. 남은 하인들도 나이가 너무 많아서 여행에 데려올 수 없었고."

"……힘든 이야기로군."

릴레네가 갑자기 일어섰다.

"나는 왕이 되어 아버지에게 은사를 베풀어 해방한 후 이 손으로 선한 정치를 한다! 아버지의 신념이 옳았음을 증명하고 싶다! 안전하고 안심되는 나라를 만들 거다!"

검을 뽑아 천장을 향해 치켜 들었다. 주변 사람들의 시선이 쏠린다.

"나는 반드시 왕이 된다……. 부탁한다, 마사루! 네 힘을 빌려다오!"

그리고 지그시 나를 바라보았다.

나는 작게 말했다.

"……거절한다."

이야기를 들으며 먹어 치운 떡 돼지고기를 찬물로 삼켜 넘긴다.

"왜 내가 그런 짓을 해야만 하는데. 나와는 상관 없잖아."

왕위 계승전이 어떤지는 모르겠지만 이 나라의 정치 따위 전혀 흥미가 생기지 않는다. 게다가 저주 때문에 가령 내가 갬블에서 이겨도 그 성과를 얻을 수 없다. 시합에는 이겨도 승부에는 진다는 게 이런 거다.

내게는 이제 갬블 자체가 의미를 잃었다——.

…….

…………잠깐.

지금 나는 밥을 먹었잖아.

"박정한 것! 역시 갬블러란 생물은 사람다운 마음이 없군! 내가 왕이 되면 갬블은 일정한 재력이 있는 자만 즐길 수 있게 해서——."

릴레네가 마구 소리쳤다. 나는 그걸 흘려 들으며 생각했다.

……릴레네가 사 준 밥은 먹을 수 있었다.

내가 내 힘으로 얻은 게 아니라면 내 것으로 만들 수 있다는 이야기인가?

그때 릴레네가 깜짝 놀라며 나를 바라보았다.

"그렇지. 마사루, 너는 내게 빚이 있을 터다!"

"……."

"하나는 폭한에게 정조를 빼앗길 상황에서 구해 준 것……."

"윽……."

"다른 하나는 내 돈으로 잔뜩 밥을 먹은 것……."

"으윽……."

"추가 주문까지 했지! 이대로 내가 자기 몫만 계산하고 가게를 나가면 어찌 될지 생각해라! 무전취식은 중범죄다!"

릴레네가 하는 말도 옳다. 이 여자에겐 빚을 지고 말았다.

어차피 나는 갬블밖에 능력이 없고.

"……알았어. 할게."

“그래도 거절한다면…… 응? 저, 정말이냐?”

“네가 말한 것처럼 한 번만이야. 하지만 이쪽도 조건이 있어. 나는 어떤 엘프 소녀를 찾고 있어. 그 애를 찾는 걸 도와줘.”

검을 가슴 앞에 가져가자 릴레네의 표정이 아주 밝아졌다. 희망이 보여서 안심한 모양이다. 자기 얼굴이 무너지는 걸 깨닫고는 진지하게 표정을 고쳤다.

“알았다. 엘프 소녀, 몇 명이든 찾아 주지.”

적어도 릴레네가 내게서 손을 놓을 때까지는 굶지 않아도 될 것 같다. 한동안 함께 행동하자. 이기든 지든 왕위 계승전이라는 걸 깔끔히 끝내면 된다.

“믿고 있었다. 밥은 더 필요 없나?! 술이라도 마시겠나?!”

“안 마셔……. 아니, 너도 미성년이잖아?”

“너는 대체 알고 있는 게 뭐지? 15세면 성인이라는 건 상식이랄 것도 없는 사실이잖나.”

“알았어, 알았다고……. 그래서 왕위 계승전은 언제 하는 거야. 대전 상대는 정해져 있어?”

가슴에 품고 있던 메뉴판을 테이블에 내려놓는 릴레네는 딱딱하게 굳은 표정이었다.

“대전 상대는 직접 찾아야 하지만 짚이는 곳은 있다. 바로 근처에 있지.”

“근처라면?”

“카지노 파라곤. 그곳의 지배인이다.”

05

가로등이 사라진 길을 걷는다.

심야에 접어들어 통행인은 거의 없다. 나는 릴레네와 어깨를 나란히 하고 걸었다.

"첫 경기잖아? 나는 상대가 누구라도 좋지만 굳이 카지노의 지배인이어야 해?"

릴레네가 한 걸음 내디딜 때마다 갑옷의 파츠가 부딪쳐 삐걱거리는 소리가 난다. 정적을 되찾은 한밤중에는 그것도 괜히 크게 들렸다.

"왕위 계승전에선 한 번이라도 지면 계승권을 잃고 만다. 상대를 선택하다 보면 결국 강자와 맞부딪히게 되겠지. 게다가 지금부터 계승권자를 찾아 운 좋게 만날 수 있을지도 알 수 없다."

"패배하면 바로 탈락이라면, 777인에서 더 줄어들 때까지 기다리면 되지 않아?"

"왕위 계승전에는 기한이 있지. 30일 동안 한 번도 승부를 하지 않으면 이때도 역시 계승권을 잃는다."

그렇군. 확실히 그렇게 하지 않으면 계승권자끼리 서로 견제하느라 언제까지고 끝나지 않을 수도 있겠다.

"그래서 너는 오늘이 며칠째야?"

"……29일째다. 내 저택에서 여기에 오기까지 꽤 헤맸거든. 정신 차리고 보니 산맥 정상에 있었을 때는 나 스스로도 놀랐다."

"길을 잃었을 뿐이잖냐!"

"길눈이 어두워서 말이지……."
"어째 네 성격이 조금씩 이해되고 있어……."
이 녀석에게는 얌전히 있을 시간이 없는 모양이다.
이런저런 말을 나누는 동안 목적지에 도착했다.
파라곤이다. 창으로 반짝이는 빛과 환성이 흘러넘치고 있다. 나는 약간 고양감을 느꼈다. 역시 카지노라는 공간에 마음이 이끌리고 만다. 그건 그때와 같은 승부를 다시 할 수 있지 않을까 기대하게 되기 때문이다.
하지만 지금의 내게는 저주가 있다.
어떤 갬블도 지금의 내게는 의미가 없다.

카지노 안에서는 많은 사람들이 갬블에 열을 올리고 있다.
스태프에게 말을 걸자 안쪽으로 들어갔다가 금방 돌아왔다.
"찾으셨나요. 저는 이 카지노의 지배인인 카멜리아 파라곤이라고 합니다. 앞으로 잘 부탁드리…… 어머, 그쪽 분은 오늘 두 번째로 뵙는군요. 잘 오셨습니다."
정중한 인사였다. 릴레네는 반사적으로 고개를 숙였다. 카멜리아는 릴레네의 손을 흘끗 보고는 미소를 지었다.
"용건은 대충 알겠습니다. 안에서 이야기하실까요? 특별한 자리를 마련해 두었으니까요."
돌아서서 갬블을 하는 손님들 사이를 지나 가게 안으로 들어간다.
카멜리아의 등에는 어떤 기색도 없다. 생각하는 내용을 상대가 알아채지 못하도록 베일 같은 것으로 자신을 감싸고 있는 느낌이다.

……이건 강자의 분위기다.

가게 안에 문이 있었다. 카멜리아가 안에 들어가서 "들어오시죠."라고 손으로 권유했기에 따라 들어갔다.

1인 거주용 원룸을 네 개쯤 늘어놓은 넓이의 공간이다. 벽에 걸린 바다 풍경화나 하얀 도자기가 호화로운 분위기를 만들고 있다.

방구석에 스태프가 서 있고, 중앙에 테이블과 의자 두 개가 설치되어 있다. 테이블 위에는 펠트 천이 깔려서, '자, 이제부터 도박을 하자' 는 듯한 분위기를 조성하고 있다.

"자, 앉으세요."

카멜리아가 의자를 당기며 릴레네를 향해 말했다.

"아니, 그 전에 자기소개를 해야겠다."

"어머, 정중하셔라. 감사합니다."

릴레네는 뻣뻣한 동작으로 오른팔을 심장 부근에 대고 말했다.

"나는 왕위 계승권자인 릴레네 엔파리스다. 카멜리아 파라곤, 너에게 왕위 계승전을 신청한다!"

배에서 나오는 목소리는 용맹스럽다.

남자인 내가 말하는 것도 한심하지만 적진에서 들으니 듬직하다. 카멜리아가 응답했다.

"네, 저도 그럴 생각입니다. 그걸 위해 이 방으로 모신 것이니까……. 다만 조건이 있습니다."

"뭐지?"

"조사해 보니 왕위 계승전에서 계승권자로 선정되는 사람 중 정말 일반 시민인 경우는 거의 없는 모양이더군요. 당연하다면 당연하겠지만, 역시 일반 시민과는 재산과 지식, 경험이 다르니까요."

뭐가 당연하지? 뭐, 확실히 릴레네도 몰락했다곤 해도 귀족이긴 하지만…….

"저는 왕위 계승전을 한다면 계승권 말고 다른 걸 걸고 싶었답니다. 한 달 전에 제 곁에 이게 도착했을 때는 가슴이 뛰었지요."

카멜리아는 다양한 보석 장신구를 달고 있었는데, 그중에서도 반지가 실내의 빛을 빨아들이듯 한순간 강한 빛을 냈다.

"제 보석의 색은 에메랄드……. 왕성에는 왕만이 소지할 수 있는 왕관이 있으며 그 왕관은 777색의 돌이 붙어 있다는 모양이더군요. ……후후후, 기념 삼아 구경하러 가는 건 어떨까요?"

카멜리아는 손을 보여 주며 반지를 쓰다듬었다.

반지에 박힌 돌은 연녹색이었다. 릴레네의 반지와 보석 색이 다를 뿐 형태는 같다.

"아무튼…… 당신이 별다른 경계도 하지 않고 이 방까지 따라 들어오신 걸 보면 제법 급박한 상황 아니실까요? 그렇죠? 그런 분과 대전하면 이쪽 요구도 쉽게 받아들이시리라 생각해서 기다리고 있었답니다."

정곡을 찔렀다. 판단력이 좋은 것 같다.

"조건을 말하도록."

후후. 아멜리아가 숨을 길게 내쉬었다.

"제가 이기면 그쪽 남성분을 받고 싶어요."

"어, 나?"

갑자기 지목당해 어리둥절했다.

"그쪽 분은 오늘 카지노에서 꽤나 즐기셨더군요. 그 지불액 정도야 대단한 금액이 아니니 신경 쓰지 말아 주세요. 그보다도."

카멜리아가 대담하게 웃었다.

"당신의 재능에 반했답니다. 꼭 제 밑에서 일해 주세요. 제 야망에는 당신 같은 인재가 필요하니까요."

"무슨 소릴 하는 거야. 그런 인신매매 같은 게 허용될——."

"알았다."

릴레네가 팔짱을 끼며 고개를 크게 끄덕였다.

"뭐?! 너, 맘대로——."

"그 대신 이쪽이 이기면 당장 쓸 여비를 받겠다. 안심하도록. 기사로서 큰돈을 탐내는 못된 생각은 하지 않으니. 10만 루스 정도 받으면 된다."

"나는 10만 루스 가치밖에 없는 거냐고!"

"하하하. 제게 그 정도 돈은 상관없어요."

갑자기 내 목에 팔이 감겼다. 릴레네가 귓속말을 한다.

"아까 너에게 사 준 것 때문에 소지금이 바닥났다."

"그, 그렇게 많이 먹지 않았는데!"

"이해해 다오, 우리 집에는 이제 돈이 없다."

"그러고도 귀족이냐!"

"네가 이기면 아무 문제도 없다."

건틀릿을 낀 주먹으로 내 가슴을 턱 때려서 나도 모르게 콜록

거렸다.

"좋아, 카멜리아! 준비하도록 할까."

릴레네는 돌아서서 카멜리아를 마주 보고 선 다음, 주먹을 쥔 오른손을 앞으로 내밀었다.

화답하듯 미소 지은 카멜리아도 손을 내밀었다.

그리고 서로의 반지를 맞부딪쳤다.

"레이즈 온!"

두 사람이 동시에 외치자 주위에 높은 금속음이 울려 퍼졌다. 고막이 떨릴 정도의 고음.

——순간, 두 사람의 반지가 빛을 내기 시작했다.

릴레네의 얼굴이 반지의 빛을 받아 아래쪽에서부터 주홍색으로 물들고, 카멜리아는 연녹색으로 물들었다.

방출된 빛의 파도가 한순간에 보석으로 되돌아가나 싶더니, 두 색이 뒤섞인 섬광이 폭발하듯 쏟아졌다.

"으아아아아앗! 뭐야, 이게에에에!"

나는 놀라서 기겁하고, 스태프도 벽에 기대듯 물러섰다. 중심의 두 사람만 정연하게 그 장소에 서 있다. 이것도 마법의 힘인지 눈 부셔하는 기색조차 없다.

"야호~. 호출받은 천사님은 여기 있답니다~."

갑자기 얼빠진 목소리가 들려 왔다.

깨닫고 보니 거기에는 여자가 한 명 있었다. 공중에서 갑자기 출현한 듯 허공에 떠 있다가 느릿하게 지면으로 내려온다.

"내 이름은 천사 덕워즈! 이번 왕위 계승전의 딜러랍니다~. 어라어라, 불러 놓고는 모두 너무 놀라는 거 아냐?"

꽈아꽈아~ 하고 오리류 동물 같은 울음 소리를 흉내 내며 즐거워한다.

등을 가릴 정도로 긴 은발과 기장이 짧은 로브의 색이 잘 어울린다. 큰 키에 비해 얼굴은 어리고 눈동자가 활발하게 움직인다. 그리고 등에는 작은 날개가 돋아 있다.

"처, 천사……?"

여신이 있으니 천사가 있어도 이상할 건 없……나?

카멜리아가 흥분을 억누르지 못하는 표정으로 말했다.

"오오, 정말로 천사가 나왔어요! 왕위 계승전이 신의 힘으로 진행된다는 건 사실이었군요!"

"덕워즈. 우리는 지금부터 왕위 계승전을 한다. 처리해 줘."

릴레네는 눈앞에서 일어난 이상한 일에도 흔들림 없이 상황을 진행하려 했다.

"알았어. 꽈아꽈아~ 꽈아꽈아~. 어디이~ 대전하는 건 릴레네랑 카멜리아로 알면 되지?"

"아니, 나는 대타를 세운다. 상관없겠지, 카멜리아."

"그렇지 않을까 어렴풋이 예측하긴 했어요. 물론 룰에서 인정되니까 문제없답니다."

카멜리아는 입에 손을 대고 웃음을 억누르고 있다.
내 차례인가. ……그런데 이 녀석, 뭐가 그렇게 재밌는 거지.
"우인 마사루구나. 오케오케~."
"인사도 안 했는데 이름부터 부르네……."
어떻게 내 이름을 아는 거야. 뭐, 천사라고 할 정도니 다양한 걸 알아도 이상할 건 없겠지만.
"아, 잠시 기다려 줘."
"뭔데 뭔데?"
"네가 천사라면 저주에 대해서도 알고 있겠지. 해주하는 방법을 가르쳐 줘."
덕워즈는 날개를 펄럭이고 오른손으로 부리를 만들어서 뻐끔뻐끔 움직였다.
"무리야~ 꽈아꽈아~. 여신님의 배려에 각별히 감사하라구~. 갱생할 수 있다는 기쁨을 꽉 끌어안고 살아가자~. 레츠 고~."
예상은 했지만 역시 안 알려주는 모양이다.
"무슨 이야기인지 모르겠지만 빨리 시작하죠."
카멜리아는 그렇게 말하며 의자에 앉았다.
"그 말대로야~. 그럼, 지정할 갬블이 있을까? 말해 주면 그 갬블을 하고, 이쪽에서 정해 달라고 하면 공평한 갬블을 준비할게."
나도 자리에 앉았다. 릴레네가 뒤쪽으로 가서 선다.
"우인 님은 포커가 특기셨죠? 저도 좋아하는 갬블이니 괜찮다면 그쪽으로 하지 않으실래요?"
"나는 딱히 뭐라도 상관없어."

"준비 끝났네~. 내기 쪽도 생각해서, 자세한 규칙은 이쪽에서 정해 줄게!"

나와 카멜리아가 테이블을 사이에 두고 앉았다. 그 가운데를 차지하듯 테이블 옆에 덕워즈가 선다. 그녀의 김 빠진 탄산처럼 맥없는 말투는 장소의 분위기와 대조적이었다.

카멜리아의 눈을 본다.

미소를 짓고는 있으나 속마음은 다르다. 나는 알 수 있다.

이건 승리를 확신하고 있는 눈이다.

뒤에 있는 릴레네의 얼굴을 보자 긴장으로 입술을 꽉 다물고 있다.

……미안하지만, 나는 이런 승부의 결과 따윈 아무래도 좋다.

아까 릴레네는 나를 내기에 거는 대신 10만 루스를 제시했다. 그렇게 생각하니 어째 웃음이 나왔다. 지금의 내게 그런 가치는 없다. 아니, 1루스도 아깝다.

이런 승부, 빨리 끝내자.

06

"이번 왕위 계승전은 '인신매매 포커'!"

덕워즈는 양손을 펼치고 뱅글뱅글 돌았다. 날개를 펄럭이는 중이라서 몸이 약간 떠 있다.

규칙 설명을 들었다. 정리해 보자.

· 52장의 트럼프를 사용하고, 5장의 손패로 조합을 만들어 경쟁한다.

· 조커 없음.

· 손패 교환은 2회까지.

· 턴 시작 시 칩 하나를 참가비로 필드에 내려놓는다.

· 턴마다 원하는 숫자만큼 칩을 베팅한다.

· 상대의 칩을 모두 빼앗으면 승리.

매우 간단하다. 숫자나 마크, 조합의 강약은 일본에서 일반적으로 알려진 것과 크게 다르지 않다. 흔히 말하는 드로 포커다.

"조금 특이한 건 칩이야! 카멜리아에게는 하나당 1000루스짜리 칩을 100개 줄 거야. 즉 10만 루스 분량이지~. 큰돈이네 큰돈~. 그리고 릴레네, 아니, 우인에게는 '우인 칩' 이 100개야. 걸려 있는 게 우인이니까 우인 칩이라고 부를 뿐입니다~."

덕워즈가 손을 가볍게 '짝' 하고 쳤다. 나와 카멜리아 앞에 작고 하얀 문장이 떠오르더니 중앙에서 칩 더미가 솟아났다.

"오오……. 뭐야, 이거……."

다음에 덕워즈는 손바닥을 천장으로 향했다. 같은 문장이 나타나더니 그녀의 손에서 트럼프 뭉치가 쏟아져 나왔다.

"오오!"

"꽤나 즐거워 보이시네요, 우인 님."

"……."

눈앞에서 일어난 비현실적 현상에 그만 들뜨고 말았다. 부끄러워졌다.

"덱은 내가 준비한 이걸 쓸 거야. 내용물은 보통이니까 딱히 의심 같은 건 하지 마. 무한히 꺼낼 수 있으니까 턴마다 새로운 덱을 쓸 거야~."

카멜리아가 말참견을 했다.

"혹시 모르니 확인하게 해 주시겠어요? 매번 확인하게 해 달라고는 안 할 테니까요."

"물로온~. 자~."

덱을 받아 든 카멜리아는 손안에서 카드를 미끄러뜨리듯 하며 전체를 확인했다. 그 후 하나를 잡고는 양면을 꼼꼼히 살폈다.

"딱히 이상한 점은 없네요."

"그래. 그럼 내기 물품을 확인할게."

덕워즈가 덱을 테이블에 놓았다. 그리고 손을 두 번 두드리자 조명이 꺼진다. 그대로 기운차게 왼손을 카멜리아에게 향하자 스포트라이트 같은 하얀 빛이 머리 위에서 발생했다.

"왕위 계승권자, 카멜리아 파라곤. 내기 물품은 왕위 계승권 및 현금 10만 루스!"

다음에 나를 향해 손을 내밀자 라이트의 빛이 이동했다.

"왕위 계승권자 릴레네 엔파리스는 대타를 소환. 대타는 우인 마사루. 내기 물품은 왕위 계승권 및 우인 마사루의 소유권!"

사람을 물건처럼 말하고 있구만.

"'인신매매 포커', 시작한닷☆"

덕워즈가 팔을 높게 들었다. 테이블을 다 덮을 정도 크기에 주홍색과 연녹색이 뒤섞인 문장이 바닥에 스며들더니 빛을 내며 사라졌다.

"아~ 잠깐만~. 중요한 거 잊었어."

움직임을 멈추더니 누가 반응하는 걸 기다리지도 않고 손뼉을 쳐서 짝 하는 소리를 냈다.

그러자 지면이 약하게 흔들리기 시작했다.

"마, 마사루! 뒤!"

"응?"

릴레네의 말에 돌아보자 내가 앉아 있는 의자 뒤쪽 바닥에 하얀 문장이 생겨나 있었다. 지진이 커져 간다. 문장에서 무언가 솟아오르고 있었다.

"……."

——얼굴이다.

마치 밭에서 채소를 뽑아낸 것처럼 사람, 아니 사람 같은 것이 튀어 나왔다.

"그오오오오오오오오오오오!"

온몸을 드러낸 사람 같은 뭔가가 카지노 전체가 흔들린다 싶을 만큼 거칠게 울부짖었다. 공기의 진동이 머리카락과 옷에 전해진다.

괴물이다.

철판을 머리 형상에 맞췄을 뿐인 듯 투박하게 만든 헬멧이 눈까지 덮고 있다. 허리 도롱이를 둘렀을 뿐이라 묘하게 화려한 분홍색 피부와 몸에 그득한 근육이 노출되어 있다. 2미터를 훌쩍

넘는 키로 의자에 앉은 나를 내려다보고 있었다. 고르지 못한 치열을 드러낸 입에서 습한 숨결이 내 몸에 엉겨붙는다.

"우와아아악! 뭐냐아아아아!"

릴레네가 검을 뽑고 싸울 자세를 취했다.

"이 녀석은 뭐야……."

자리에서 일어나지는 않았지만 나도 역시 조금 놀랐다.

"내 어시스턴트를 맡아 줄 근육뭉치 군이야! 근육뭉치 군, 인사해!"

"그오."

약하게 고개를 숙였다. 거친 외모와는 달리 의외로 예의가 바른 모양이다.

시선을 돌려 보니 근육뭉치는 반원 모양의 철봉 두 개를 양손으로 들고 있었다.

"그럼 준비해."

"그오~."

근육뭉치 군이 양팔을 크게 벌려 휘두르더니 순식간에 내 머리를 양쪽에서 힘껏 조여 뭉갰다.

……착각이었다. 어깨에 묵직한 무게가 느껴진다.

근육뭉치 군은 내 목이 가운데 들어가도록 철봉 두 개를 맞댔던 것이다.

"그 목걸이는 내기 물품의 담보야!"

근육뭉치 군이 허리에 매고 있던 사슬을 의외로 조심스러운 동작으로 내 목걸이에 매었다.

"만약 우인이 갬블에 져서 도망치려고 하거나 카멜리아의 말을 거역하려고 하면, 이 근육뭉치 군이 네 마음이 꺾일 때까지 끌고 다닐 거야."

"어머, 친절하셔라……."

카멜리아가 테이블 저편에서 기분 좋게 웃으며 말했다.

"……."

"어라, 우인. 별로 안 놀라네."

"……네 마법을 본 뒤라면 뭐가 일어나도 별로 놀랍지 않아. 근육뭉치 군이 있건 없건 난 안 도망칠 거고. 시작하자."

덕워즈가 근육뭉치 군과 한동안 얼굴을 마주 보았다.

"그래~."

그리고 시시하다는 듯 시작을 선언했다.

게임 시작은 좀 거창했지만 결국 평범한 드로 포커다. 승부는 소박하게 막을 올렸다.

덕워즈가 솜씨 좋게 트럼프 카드를 번갈아 가며 다섯 장씩 나눠줬다. 손으로 나눠주는 것처럼 보이지만 실제로는 손이 안 닿고 있다. 마법의 힘으로 날리는 모양이다.

나는 테이블에 엎드린 다음 카드를 손으로 덮은 채로 뒤집으며 확인했다. 프로 갬블러도 이렇게 한다. 누가 보고 있을지 모르니까 경계하는 게 제일이다.

"뭐야, 패가 안 보이잖아……. 나도 보이게 해 주지 않겠나."

"시끄러워……."

릴레네가 끼어들었다. 이 녀석, 어조는 딱딱한데 맹한 구석이 있다.

"아, 잠깐! 이 근육뭉치 군은 마사루 뒤에 있는데, 패는 보지 않는다고 생각해도 되나, 덕워즈!"

"물로온~. 근육뭉치 군은 나랑 같이 중립. 카멜리아를 도울 만한 짓은 안 해."

근육뭉치 군의 숨결이 정수리를 습하게 만드는 게 신경 쓰이지만 일일이 의견을 말하는 것도 귀찮다. 의식을 갬블로 되돌리자.

내 손패는 4 원 페어였다.

이 인신매매 포커는 운의 비중이 상당히 크다. 칩을 언제 얼마나 거는가, 즉 베팅으로 공방이 발생하는데 당연하지만 좋은 패가 들어오지 않으면 열세에 몰리게 된다.

처음에 조합이 만들어지는 건 의미가 크다. 첫 턴을 승리하면 템포를 잡을 수 있다.

갬블에는 흐름이 있다. 대전 상대와 자신의 의식에 따라 크게 달라지겠지만, 다음에 어떻게 승부할지를 상상할 때 그때까지의 전개가 머릿속을 스쳐 간다. 그 흐름을 타고 유리하게 이어가는 게 갬블러다.

"그러면 참가비로 게임판에 칩을 하나씩 놔."

나는 간략화된 내 얼굴이 그려진 칩 하나를 사람 머리 정도 크기를 가진 상자에 넣었다. 저금통처럼 위쪽에 구멍이 뚫려 있다. 덕워즈가 마법으로 준비한 것이다.

액정 같은 부분이 있고, 왼쪽 끝에 '1' 이라고 표시된다.

"이건 뭐지. 신기한데. 마사루가 넣은 칩을 세는 거군."

릴레네가 들여다보고 있다.

"방해된다, 너."

"괜찮지 않나요, 우인 님. 즐겁게 하지요, 즐겁게."

나도 모르게 릴레네에게 주의를 줬다.

……즐겁게? 그렇게 할 수 있다면 얼마나 좋을까.

카멜리아도 칩을 던져 넣었다. 그러자 이번에는 액정 오른쪽 끝에 '1' 이라고 표시된다.

"그럼 패를 교환하자. 그다음에 베팅을 할 테니까. 카멜리아, 어떡할래?"

"저는 4장 교환할게요."

카멜리아는 테이블에 덮어 놓았던 카드 4장을 중앙으로 미끄러뜨렸다. 덕워즈가 즉각 덱에서 카드 4장을 꺼내 날렸다.

"나는 3장."

카드를 중앙으로 밀어 넣으면 새 카드가 돌아온다.

규칙상 교환은 두 번 가능하다.

"2장, 교환."

카멜리아가 다시 카드를 교환했다. 두 번째 교환에서 2장만 교환한다는 걸 반대로 말하면 3장은 교환할 필요가 없다는 이야기다. 이걸 어찌 생각해야 할까.

"나는 다시 한번 3장 교환."

우선 자신의 패와 상담하자.

……4 원 페어 확정이군.

“그럼 베팅 라운드! 가 보자~.”
덕워즈가 한쪽 다리를 들며 경쾌하게 진행한다.
첫 번째 액션은 카멜리아부터다.
액션은 네 종류가 있다.
첫 번째는 ‘베팅’. 시작 플레이어가 처음 걸 칩의 수를 원하는 대로 결정한다. 이 규칙에서는 한 개부터 얼마든지 걸 수 있다.
“……다섯 개로 하죠.”
테이블 옆에 쌓여 있던 칩 더미에서 5개를 집어 상자에 넣는다. 그러자 표시되어 있던 1 옆에 5가 떠올랐다.
5개…….
평범한 시작이다. 이번 포커처럼 여러 턴에 걸쳐 진행되는 갬블에서는 초반에 상대의 사고 습관을 얼마나 파악하느냐가 중요하다. 이론을 쌓는 것쯤은 누구라도 할 수 있지만 피가 흐르는 생물이 플레이한다는 걸 잊으면 안 된다. 때로는 이론보다도 중시해야 할 게 있으며, 거기에 갬블의 미묘함이 있다.
다음은 내 액션이다.
여기서 내가 할 수 있는 선택은 세 가지다.
하나는 ‘콜’. 서로의 베팅액을 확정하는 것. 즉, 이번 경우 카멜리아가 베팅한 칩 5개와 같은 숫자만큼 나도 걸고 승부를 한다.
다음은 ‘폴드’. 승부를 포기하는 걸 의미한다. 이 시점에서 폴드하면 나는 아직 칩을 걸지 않았으므로 참가비로 처음에 낸 칩 하나만 카멜리아에게 주고 끝난다. 카멜리아는 리스크 없이 칩을 얻을 수 있다는 이야기다.

폴드해야 할 때는 대전 상대의 패가 나보다 강할 확률이 높다고 판단했을 때.

반대로 폴드해선 안 될 때는——.

"레이즈, 15개."

이 승부에서 이기고 싶을 때다. 나는 칩을 거칠게 움켜 쥐고 상자 안에 떨궜다.

"오오! 근사하군, 마사루……. 그런데 '레이즈'란 뭔가?"

"릴레네, 제발 조용히 해 줘……. 나, 일단 진지하게 하고 있거든."

"뭐야! 나도 진지하다!"

"릴레네에겐 내가 설명해 줄게~. 역시 계승권자가 규칙을 모른다는 건 문제네~. 괜찮을까, 마사루? 카멜리아에게 생각할 시간이 생기는데."

"상관없어."

레이즈는 상대가 한 베팅에 추가 베팅하는 걸 말한다. 즉 공세로 나간다는 뜻이다. 내 패가 더 강하다는 암시이기도 하다.

내 손에 있는 원 페어는 하이 카드, 즉 조합이 없는 경우를 제외하면 가장 약한 조합. 하지만 그걸 굳이 끌고 간다.

일반적으로 포커는 3인 이상이 하는 경우가 많다. 이번처럼 1 대 1 대전은 오히려 특수한 편이다.

이걸 헤즈업이라고 한다.

포커는 칩이 다 떨어진 플레이어가 탈락해 가기 때문에, 최종적으로는 살아남은 플레이어 둘이 1 대 1 맞승부를 하게 될 때가 많다. 이 상태가 되면 포커는 다른 게임으로 변질된다.
예를 들어, 헤즈업이 되면 조합의 강함에 대한 인식을 고쳐야만 한다.
만약 서로의 손패가 하이 카드였을 경우, 손패에 보다 강한 카드가 들어온 쪽이 이기게 된다(순서대로 A, K, Q, J~2). 하지만 대전 상대가 두 명 있을 때에 비해, 대전 상대가 한 명뿐일 경우는 자기보다 강한 카드를 갖고 있는 플레이어가 있을 확률은 절반이 된다.
만약 자기 카드가 하이 카드라고 해도 최강의 카드인 A를 갖고 있다면, 상대도 하이 카드일 경우 상당히 높은 확률로 이긴다. 원 페어라면 더욱 강하게 가는 게 정석이다.
"과연, 잘 알았다. 마사루는 자기의 패가 카멜리아보다 강하다고 생각하거나, 실제로는 약하지만 강하다고 생각하게 해서 폴드 시키려고 하는 거로군."
"왜 해설하고 있는 거야! 넌 적이냐!"
"헉……. 미, 미안하다……. 방해하려던 건……."
덕워즈가 깔깔대고 웃음을 터트렸다.
"후후후, 재미있네요. 아무튼 저는 콜을 할 생각이었어요. 모처럼 시작한 승부가 갑자기 끝나 버리면 시시한걸요."
나와는 대조적으로, 카멜리아는 느긋하고 우아한 동작으로 칩을 두세 개씩 집어 상자에 떨궜다. 짤랑짤랑, 기분 좋은 소리가 실내에 퍼진다.
"이걸로 베팅은 확정됐네. 그럼 패를 공개해!"

상자의 액정 화면에는 '1:15 15:1' 이라고 표시되어 있다.

이 턴에 승리한 쪽이 상대가 베팅한 칩 15개에다, 게임판에 내려 놓은 칩 2개를 얻게 된다.

나와 아멜리아는 테이블에서 패를 집어 들었다.

릴레네가 양손을 가슴 앞에 모으고 긴장한 표정으로 지켜보고 있다.

"——간다아~. 하낫둘~."

"쇼다운♪"

쇼다운은 패를 공개하는 것.

나와 카멜리아는 목소리와 동시에 카드가 옆으로 미끄러지듯 하면서 패를 펼쳤다.

"4 원 페어."

"A 하이 카드입니다."

하이 카드, 즉 조합 미달성.

"이, 이건 괜찮……은 거, 군. 이겼군."

릴레네가 얼굴을 들이밀고 손가락으로 카드를 확인하며 말했다. 카멜리아는 흐응 하고 콧소리를 내며 말했다.

"이런, 아쉬워라. A가 들어왔을 때는 안심했는데, 너무 기뻐하다가……."

처음엔 내가 이겼다. 카멜리아가 두 번째 교환에서 카드 세 장을 남긴 건 허세였을지도 모른다. 교환하더라도 숫자가 큰 카드는 손에 남기고 싶을 텐데, 하는 말을 보면 조합을 만들려고 했나.

"우인의 승리~! 카멜리아가 베팅한 칩은 우인에게 넘어가~."

상자에서 돈을 휘젓는 듯한 소리가 나더니 액정 부분의 숫자가 빠르게 증감했다.

'116:84' 라고 표시된다.

칩이 테이블에서 생겨났다. 상자의 숫자만큼의 칩이 턴마다 재분배되는 듯하다.

당연하지만 포커에서는 자금이 많은 쪽이 유리하다. 예를 들어 다음은 나부터 액션을 시작하는데 참가비 칩 하나를 뺀 83개, 즉, 카멜리아에게 남아 있는 칩과 같은 숫자를 베팅하면 카멜리아의 액션은 콜과 폴드 양자택일이 된다. 콜하면 올인에다 단발 승부를 하게 되고, 폴드하면 참가비인 칩 하나가 내게 이동한다. 소지한 돈을 전부 처박는 올인은 역시 시기상조지만, 상대와의 자금 차이는 이렇게 전략에 영향을 준다.

"그럼그럼 다음으로 가자. 꽈아꽈아."

후우. 나는 한숨을 쉬었다.

아까는 릴레네의 폭거에 다소 감정적이 되었지만 그것도 이제 진정했다.

일부러 지는 짓 따윈 안 하겠지만 아무튼 빨리 끝났으면 좋겠다.

07

나는 이 세상에서도 갬블에 강한 모양이다.

문득 눈앞에서 가벼운 박수 소리가 들렸다.
"훌륭합니다."
카멜리아가 데니어가 낮은 스타킹으로 감싼 다리를 꼬며 말했다.
"설마 이 정도로 강하다니 감탄할 수밖에 없군요. 저도 포커에는 나름대로 자신이 있었습니다만, 갬블 선택을 잘못한 모양이에요."
상자의 표시는 이렇다.

'189:11'.

내가 압도적으로 유리하다. 패에 따라서는 다음 판에 결판을 낼 수도 있다.
그렇지만 이 여자는 왜 이렇게 여유롭지. 왕위 계승권이란 게 그렇게 가벼운 거였나. 플레이를 봐도, 이 여자가 적당히 하고 있다고는 생각할 수 없어서 석연치 않다.
"아하아아아암……."
덕워즈가 나와 카멜리아 사이에서 크게 하품했다. 눈물이 고인 눈으로 양팔을 한껏 벌리며 기지개를 켰다.
"나 슬슬 졸려. 지루하게 하지 말고 빨리 진행해~."
"……그럼 빨리 패를 나눠줘."
"호이호이~."
덕워즈는 무거운 듯한 눈꺼풀을 비비며 새로운 덱을 손바닥에 출현시키고, 느릿한 어조와 달리 능숙하게 카드를 배포했다.

지루하다니 뭐야. 뭐, 그런 건 아무래도 좋다. 승부의 끝이 가깝다.

체크다.

…….

…………….

2 원 페어가 만들어졌다.

2는 약하다. 같은 패라면 숫자의 강함으로 승패가 결정되는 걸 생각하면 불안하다. 나머지 3장은 제각각이고, 그중 숫자가 높은 카드인 하이 카드는 8이다. 그림 카드라면 교환해서 겹쳤을 경우 꽤 강해지니 남겼겠지만…….

"3장 교환."

카드를 앞으로 밀어내자 덕워즈가 금세 새 카드를 돌려줬다.

"저도 3장 갈까요."

카멜리아가 패를 교환하고 2회째 교환에 돌입했다.

하이 카드는 7. 낮아져 버렸다. 다시 한번.

"……3장 교환."

"2장 교환하죠."

운이 좋다. 내 손에는 2와 3 투 페어가 완성되어 있었다.

투 페어는 꽤 강하다. 그렇지만 다음 액션은 카멜리아 선공이다. 어떻게 나올지 지켜 보자.

"올인하죠."

손바닥에 다 들어갈 숫자로 줄어든 칩을 천천히 상자에 넣는다.

핫――.
나는 속으로 헛웃음을 지었다.
액정의 카멜리아 쪽 숫자가 '10' 이 된다.
열세인 쪽에서 올인. 한계까지 몰리는 게 싫어서 마지막 일격으로 기사회생하려는 건 패자의 전형적 패턴이다. 아마도 카멜리아의 손패는 약하겠지.
아무리 열세라도 견뎌 낼 수 있다면 확실한 승리를 노려야만 한다.
물론 아멜리아에게 좋은 패가 들어왔을 수도 있지만, 이 턴에서 져도 내게는 치명상이 아니다.
"나도 올인."
나와 카멜리아의 칩 수에는 큰 차이가 있지만 올인은 성립한다. 보유한 칩이 작은 플레이어가 올인하고 다른 플레이어가 콜했을 경우, 베팅액은 낮은 쪽에 맞춰지게 된다. 즉, 카멜리아가 이 턴에 지면 내 승리로 결판이 나고, 내가 지면 카멜리아의 칩 수는 2배가 되어 다음 턴으로 넘어가게 된다.
"오오~ 여기서 승부가 결정되는 건가!"
액정 부분의 표시가 '1:ALL ALL:1' 로 바뀌었다.
"뭐, 빨리 가 볼까. 쇼~ 다운~♪"
일제히 패를 테이블에 펼쳤다.
"……어어?"
나는 자기도 모르게 의아함이 섞인 신음 소리를 냈다.
눈앞의 현실을 받아들이는 걸 한순간 주저한 탓이다.

아니, 물론 절대로 없다고는 말 못하겠지만……. 나도 실전에서 성립한 건 처음 봤다.

"이 패는…… 아름답군. 마사루, 그렇게 좋은 패인가……?"

잘 모르는 릴레네가 솔직한 감상을 말했다.

아름답다. 그래, 확실히 그렇다. 완성된 한 수.

"오오~. 이거 대단한걸 카멜리아! 패가 무려 로열 스트레이트 플러시~! 우인의 투 페어가 허접한 패로 보여~."

"운이 좋은걸."

테이블 위의 카드에서 카멜리아 쪽으로 시선을 옮겼다.

그러자 그 눈동자의 색이 변해 있었다. 실제로는 변하지 않았지만, 한순간 그렇게 생각할 정도로 눈동자에서 발하는 기세가 예리해져 있었던 것이다.

이건 각오를 다진 눈이다. 내 심장이 쿵쿵거렸다.

"안됐네요, 모처럼 만든 투 페어였는데."

로열 스트레이트 플러시가 내 패를 짓뭉갰다.

10, J, Q, K, A로 카드 다섯 장이 연속해서, 게다가 마크도 동일했을 때 성립하는 최강 조합. 마작으로 따지면 역만, 아니, 그 이상의 가치가 있다.

나도 손에 들어오면 액션 단계에서 머리를 써 상대의 칩을 끌어낸 다음 최종적으로는 올인을 노리겠지.

내가 만든 투 페어는 같은 숫자의 카드 2장을 두 쌍 모으면 된다. 이 규칙상으로는 상당히 강력하다. 하지만 로열 스트레이트 플러시는 비교조차 안 될 만큼 완성 확률이 낮다.

액정 화면의 숫자가 어지럽게 변해 간다.

178 대 22——.

아직 내 우세인 건 변함없다.

갬블을 하고 있으면 이런 기적 같은 일도 일어난다.

…….

……나, 갬블을 하고 있다고 느꼈나?

"다음 가 보자~."

패를 나눠 받고, 체크.

——꽝이다.

나는 교환 두 번을 하고, A가 한 장 들어왔다.

……나쁘지 않다. 다음은 내가 선공이다.

"베트, 칩 10개."

상자에 밀어 넣었다.

"올인."

카멜리아는 눈썹도 까딱하지 않고 선언했다.

나는 눈을 치떠 정면을 보았다.

카멜리아는 시선을 내리고 손패를 보고 있기에 앞머리에 가려서 표정을 엿볼 수 없다. 로열 스트레이트 플러시 직후라 내가 쫄았으리라 생각하는 건가.

기세를 탔다고 생각하게 하려는 거겠지. 이건 허세다.

"이쪽도 올인이야."

"오, 오. 또또 올인인가. 좋아좋아, 그럼 곧장 가 보자!"

덕워즈가 여전히 들뜬 어조로 말했다.

——.

————등 뒤에서 화난 목소리가 들렸다.

"소, 속임수다! 나라도 안다! 이런 일이 일어날 리 없다!"

릴레네가 앞으로 나와 테이블을 한껏 두드렸다. 덕워즈를 노려본다.

"확인해 다오, 덕워즈! 이 갬블에서 속임수를 써도 되나!"

카멜리아가 끼어들었다. 어조가 거칠어져 있다.

"이게 현실이에요, 릴레네 님. 잘 봐 주세요. 여기에 있는 게 전부니까요. 여기에 로열 스트레이트 플러시가 있으니 제 패는 로열 스트레이트 플러시겠죠."

나는 다시 한번 공개된 카멜리아의 패를 보았다.

하트 10, J, Q, K, A.

——두 번째 로열 스트레이트 플러시였다.

돌이켜 봐도 카멜리아가 수상하게 움직인 적은 없었다. 방심하고 있던 게 아니다. 갬블러로서의 기본, 항상 긴장하고 있다.

카멜리아는 속임수를 쓰지 않았다.

릴레네가 더더욱 따져 들었다.

"덕워즈, 당신은 정말 매번 덱을 바꾸고 있는 건가?"

그러자 지면에 미세한 흔들림이 발생하는 걸 깨달았다.

그 진원지는 눈앞.

"아아아아아아아아아아아아아아앙? 장난치냐, 인마?"

느닷없이 목재가 터지는 소리가 나서 릴레네가 놀라 펄쩍 뛰었다가 발을 헛디뎌 꼴사납게 넘어졌다. 덕워즈의 주먹이 테이블에 박혀 약하게 먼지를 피워 올리고 있다.

"이 망할 꼬마가아아아아…… 하필이면 천사를 의심해?"

덕워즈의 화사하던 얼굴이 표변했다. 눈꺼풀을 내리고, 눈썹 사이에 커다란 산과 계곡을 만들고, 입 양 끝단은 실로 잡아당긴 것처럼 축 처졌다. 부푼 혈관이 뺨에까지 튀어 나와 있다.

어떻게 봐도 격노한 상태. 옆에서 굳게 서 있는 근육뭉치 군과는 비교도 안 될 박력이다.

"나는 신의 사자로서 딜러를 하고 있는 거라고! 속임수 따위 비열한 짓을 할 리가 없잖느냐고오오오! 인간이 아니라고, 이쪽으으으으은!"

그 얼굴 그대로, 말없이 릴레네를 노려본다. 아니, 정확히 말하면, 얼굴은 정면을 향했지만 검은자위는 엉뚱한 쪽을 향하고 있었다. 이렇게 화가 나 있는 녀석은 처음 봤다.

"미, 미안하다……."

인간이 아니기에 생겨나는 기백에 릴레네가 엉겁결에 사과했다.

정적…….

그러자 덕워즈는 그 얼굴 그대로 방금까지 주먹이 박혀 있던 테이블 일부를 몇 번 쓰다듬었다. 부드러운 빛이 나오는가 싶더니 부서지기 전 형태로 돌아왔다. 어느샌가 얼굴도 원래의 화사하던 상태로 돌아왔다.

"나, 아니, 천사는 절대 중립! 기억해 둬, 꽈아꽈아. 앗……. 그리고, 아까 이 게임이 속임수 금지인지 어떤지 물었었는데, 딱히 금지는 아니야. 왜냐면 룰 설명할 때 말하지 않았으니까. 뭐, 상대에게 들키면 멈추겠지만."

그러자 이번에는 카멜리아가 참다 못한 웃음을 흘리며 말했다.

"아까부터 가만히 있었습니다만…… 우인님, 그 표정을 보건대 당신도 모르시는군요. 아하하, 이거 재미있네요."

무슨 소리지?

"잠깐 기다려 줘."

나는 일어나서 릴레네에게 다가갔다. 근육뭉치 군이 쥐고 있는 사슬이 짤랑이며 울린다.

릴레네의 손을 잡아 일으키고 방 구석으로 데려가서, 목에 팔을 감고 끌어당겼다.

"아무튼 진정해, 릴레네. 속임수 따위 드문 일도 아니니까. 저쪽이 속임수를 쓴다면 나에게도 방법이 없는 건 아냐."

릴레네의 표정이 확 환해졌다.

"그, 그런가! 너도 쓸 수 있었군! 안심했다!"

"그래, 이쪽도 수라장을 빠져나온 몸이야. 속임수 몇 가지쯤은 쓸 수 있어."

"아니, 속임수가 아니다."

"응?"

"응이라니? 무슨 소릴 하는 거냐, 마사루."

"너야말로 무슨 소릴 하는 거야."

"나는 마법을 말하고 있는 거다. 카멜리아는 십중팔구 마법을 쓰고 있다."

"……으으응? 잠깐만 있어 봐. 제대로 설명해."

"로열 스트레이트 밀크티가 2연발이라니, 정말이지 신들린 것 아닌가."

"……."

"왕위 계승권자는 반드시 마법을 하나 쓸 수 있다."

"……."

"계승권이 주어지는 유일한 조건은 마법을 쓸 수 있는 것이라고들 한다. 마법의 종류는 사람마다 천차만별이기에 카멜리아가 어떤 마법을 쓰는지는 모르지만, 그걸 써서 로열 스트레이트 밀크티를 뽑았을지도 모른다."

"못 들었어!"

확실히 엘프 소녀는 마법에 대해 말했었다. 카멜리아가 속임수를 쓰지 않은 건 확실했지만, 그건 어디까지나 내가 원래 있던 세계였을 때 이야기다.

거기까지 생각하지 못한 내게 책임이 없다고는 할 수 없다……. 다만…….

"먼저 말하라고! 그리고 로열 스트레이트 밀크티가 아니라 로열 스트레이트 플러시! 이 세상에도 있구나, 로열 스트레이트 밀크…… 아으! 혀 깨물었다!"

잠시 침묵한 후, 릴레네가 입술을 떨며 대답했다.

"미, 미안하다. 당연히 알고 있는 줄……."

"……잠깐, 계승권자는 모두 마법을 쓸 수 있다면 너도 쓸 수 있겠지? 그럼 돌파구를 찾을 수 있을지도 몰라."

릴레네가 팔짱을 끼었다.

"당연하다. 나는 타고난 마법을 쓸 수 있다."

이 녀석, 갑자기 잘난 척하긴.

"네 마법은 뭔지 가르쳐 줘. 가능하면 마법을 쓴다는 게 들키지 않을 만한 종류면 좋겠는데……."

"잠깐. 그건 속임수 아닌가? 기사로서 정정당당해야만……."

"아까 속임수가 금지되지 않았다는 건 확인했으니 이건 규칙 위반이 아냐. 즉, 기사도에서도 벗어나지 않는다는 거지."

"그, 그런가. 그렇다면 안심이군. 잘 들어라, 내 마법은――."

이 녀석의 마법에 따라서는 역전할 수 있을지도 모른다.

" '미소' 의 마법이다!"

…….

…………네?

"나는 가까이 있는 대상의 얼굴이 미소를 짓게 할 수 있다. 왕이 될 자에게 어울리는 마법이라고 생각하지 않나? 그렇지, 한번 해 보자."

릴레네가 '으음!' 하고 기합을 넣으며 손을 들자 희미한 빛이 나오고 내 표정근이 멋대로 움직이기 시작했다.

씨익.

굉장히 상쾌한 미소를 짓고 있는 걸 나도 알 수 있었다.

"……."

나는 그대로 굳었다. 잠시 후 마법의 효력이 사라졌다.

"뭐야, 죽은 물고기 같은 눈빛이군. 혹시 내 마법을 잘 모르겠나? 다시 한번, 이번에는 강하게…… 으음!"

씨익.

"끄오!"

"저기, 그만하지 않을래? 그리고 유탄처럼 근육뭉치 군에게도 마법이 먹히고 있거든."

근육뭉치 군이 얼굴 절반을 가리고 있는 철 투구 아래의 입을 뒤틀고 있다. 숨소리가 거칠어서 조금 기분이 나쁘다.

"미안하다, 근육뭉치 군. 마사루는…… 이제 됐나?"

"눈싸움이었다면 최강이었겠는데, 네 마법……."

"마사루, 네 발상력은 대단하군. 제길, 이 갬블을 눈싸움으로 했더라면……."

나는 어깨를 크게 늘어뜨렸다.

안 된다. 이 녀석은 진짜 도움이 안 돼.

"……릴레네, 귀 좀 빌려줘."

"뭐냐. 어이, 어, 얼굴이 너무 가까워."

"닥쳐. 이기고 싶다면 얼굴 가까이 대."

…….

"뭐라고! 나는 기사이자 숙녀로서——!"

나는 손으로 급히 릴레네의 입을 막았다. 흥흥 하고 거친 콧김을 내뿜는다.

"됐으니까 해."

릴레네는 내 눈을 바라본 후 조용히 고개를 끄덕였다.

"언제까지 꽁냥대고 있을 거야, 두 사람. 항복할 거라면 말해. 나 아까부터 졸리다구. 꽈아~."

"포기 따위 안 해. 계속한다."

나는 의자를 당겨서 일부러 주저앉듯 자리에 앉았다.

08

우인을 발견한 건 두 가지 의미로 운이 좋았다고 할 수 있으리라.

하나는 우인이 좋은 바람잡이 후보라는 점. 카지노를 운영하려면 바람잡이는 반드시 필요하다. 카지노 안에서의 마법 사용은 금지되어 있기에 손님들은 대등하게 갬블을 하고 있다. 이기고 있는 손님이 적으면 바람잡이를 크게 이기게 해서 분위기가 시들지 않게 하지만, 진짜로 갬블에 강한 자가 와서 큰돈을 퍼붓기 시작하면 위험하다. 방치하면 돈을 빼앗기고, 그렇다고 속이다가 걸리면 평판은 땅에 떨어진다. 즉, 대등한 갬블에서 강한 바람잡이는 늘 필요하다.

다른 하나는, 왕위 계승전 대타로 나선 우인이 마법을 모른다는 점이다. 계승권자는 전원이 마법을 쓸 수 있으니, 대타를 데려오거나 하는 일은 기본적으로 없다.

마법도 쓰지 못하는 자에게 내가 질 리 없다.

계승전, 우선은 1승…….

덕워즈가 승부를 재개했다.

방금까지와 똑같이 진행한다. 패를 확인하고 교환. 우인은 패를 내던지듯 버리고 체크했다.

두 번의 교환이 끝났다. 버린 패는 뒷면을 향하고 있기에 무엇을 버렸는지 확인할 수 없다.

——하지만 내게 카드 교환은 아무래도 좋다.

뇌의 중심에 의식을 집중하고, 거기서 발생한 마력 덩어리를 손끝까지 전달하는 이미지를 만든다.

——발동.

내 패에 있던 카드 표면에 있는 숫자와 마크의 모습이 희미해지더니 다시 부활했다. 이미 다른 카드로 변해 있다.

내 마법은 '변화' 다.

전설에 의하면 산을 탑으로 바꾸고 연못을 비구름으로 바꾸는 마법사도 있었다고 하지만 그에 비하면 내 마법은 약하다. 손으로 만진 대상을 원하는 형태로 변화시킬 수 있지만, 손바닥만 한 사이즈의 물건으로 한정되어 있고 강도나 질량은 바뀌지 않는다.

마법을 쓸 수 있다는 것만으로도 주위에서 어느 정도는 치켜세우지만 기껏해야 아이를 기쁘게 하는 정도밖에 할 수 없는 게 아쉬웠다.

하지만 갬블에서 내 마법은 극히 강력하다. 그렇기에 혼자서 거대한 카지노를 세울 수 있었다.

또 로열 스트레이트 플러시를 만드는 것도 아름답지 못하다.

나는 카드를 4장 변화시켜 A로 나열했다. 포 카드다. 보통은 지지 않는다.

…….

허탕을 친 기분이다.

우인은 폴드했다. 참가비인 칩 하나가 내게 들어온다.

뭐, 상관없다. 몇 번을 해도 마찬가지니까.

다음 차례다.

"2장 교환합니다."

"교환, 5장."

그리고 내가 베팅하자 우인은 폴드했다.

연속 폴드.

의욕을 잃었나?

이쪽은 마법을 발동해 준비했는데.

그렇다곤 해도 두 번째 교환에서 5장 전부 교환하다니 어찌 된 일인가. 5장 교환은 기본적으로 있을 수 없는 일이다. 완전히 운에 맡긴, 아니, 그 이하다.

큰 승부를 하지 않는 것도 신경 쓰인다.

그러는 동안 거의 따라붙었다.

'102:98' 이라고 상자에 표시되어 있다.

내가 약간 밀리고는 있지만 우인이 우세하던 건 과거의 일이다.

가능하면 마법은 쓰고 싶지 않았다.

왕이 되려면 몇 번의 승리를 거듭해야 한다. 종반에는 생존해 있는 자도 특정할 수 있으므로, 그 시점에서 자신의 마법이 상대에게 알려져 있는가 어떤가가 중요해진다.

이 우인이라는 남자가 상당한 갬블러라는 걸 인정해야만 한다. 나도 나름대로 경험이 있지만 이길 수 없었다.

하지만 그가 마법의 존재조차 모를 만큼 상식이 없다면, 이 이상 상태를 볼 것도 없겠지.

"어떤가요. 이쯤에서 한 판 크게 승부하지 않겠어요?"

승낙할 리 없겠지만 조금이라도 심기를 건드릴 수 있다면 그걸로 좋다. 뒤로 가면 갈수록 불쾌함이 커져서 분노를 이끌어 낼 테니까.

그러자 예상 못했던 대답이 돌아왔다.

"좋아. 다음엔 올인할게. 나도 속 편한 게 아니거든. 어차피 져봤자 당신 부하가 될 뿐이고."

……묘하게 순순하다.

"그 전에 묻고 싶은 게 있는데……."

우인이 입술을 깨물며 고개를 들었다.

"당신은 재미있어? 이 갬블."

"네?"

"마법 같은 걸 써서 하는 갬블이 재밌냐고 묻는 거야. 아마 무슨 방법을 써서 손패를 원하는 카드로 바꾸고 있는 거겠지. 그렇게 생각한 대로 되는 갬블, 바꿔 말해 반드시 이기는 갬블을 잘도 진지하게 할 수 있다고 생각한 거야."

나는 이마의 혈관이 튀어나오는 걸 느꼈다.

"이래 봬도 남의 감정은 잘 읽는 편이라 알거든. 당신이 얼마나 적극적으로 플레이하고 있는지. 하하하, 당신은 마법 쓰기 전과 쓴 후에 눈이 완전히 다르다고."

"재미있을 리가 없잖아!!"

나는 테이블에 주먹을 내리쳤다.

호흡이 거칠어진다. 우인이 얼굴에 약한 미소를 띄우고 있는 걸 보고, 피가 솟구치는 걸 느꼈다.

"왕위 계승전을 뭐라고 생각하는 거야!"

우인이 어깨를 움찔했다.

"글쎄……."

"마법조차 모를 정도니 알려 주겠지만, 이 코즈벨트는 얼핏 보면 유복한 나라로 보여도 그렇지 않아! 중심부에 부자들이 많을 뿐이지 조금 걸으면 빈민가투성이야!"

내 입에서 멋대로 말이 튀어나온다.

"나는 빈민가 출신이야. 잘 모르겠지? 빈민가 녀석들이 오늘 먹을 것도 없어서 훔치고, 굶어 죽고, 결국 빵 한 조각을 놓고 서로 죽인다는 걸……."

냉정함을 잃었음을 깨달았지만 그래도 말하지 않을 수 없었다.

"나는 운 좋게도 마법의 힘을 가졌어. 그러니까 출세해서 부자가 됐고……. 하지만 이런 소액으로는 모자라! 나는 이 나라를,

세계에서 가장 부유한 나라로 만들 거야!"

"……."

"카지노 산업은 이 코즈벨트가 세계에서 가장 앞서 있어. 왕이 되어 카지노를 전 세계로 수출하면 좀 더 돈을 벌 수 있어! 그렇게 하면 빈민가 사람들을 구할 수 있고! 아니, 왕이 되지 못하면 그렇게 규모가 큰 일은 못해!"

나는 주먹을 세게 쥐었다.

"이게 내 야망이야! 왕위 계승전에 걸고 있는 것이야! 재미니 어쩌니, 장난 같은 기분으로 하고 있는 게 아냐!"

배 속의 공기를 모두 토해내듯 말을 뱉었다.

내게 왕위 계승전은 큰 기회, 절대로 질 수 없다.

"실례합니다……. 흐트러진 모습을 보였네요. 다시 승부를 시작——."

그러자 눈앞에서 공기의 미세한 마찰음이 들려왔다.

"크크크크……."

우인이 입에 손을 대고 치밀어 오르는 웃음을 억누르고 있다.

"뭐가 웃긴 거죠?"

"와하하하하하하하하하하하하!!!"

폭소. 의자에서 굴러 떨어질 정도로 몸을 비틀며 웃어 댔다. 연결된 사슬이 흔들리는 몸에 맞춰 쩔렁거리는 소리를 냈다.

"미안미안! 그런 거 아냐! 아하하하!"

그리고 우인은 일어나서 천장을 올려다보며 외쳤다.
"고마워 여신! 이거야! 내가 원하던 건 이거였어! 뭐가 지옥이야! 완전 최고잖아! 지금 여기는 천국이라고!"
"여신……. 대체 무슨——."
"나는 이런 갬블이 하고 싶었어! 자기의 모든 존재를 걸고 돌이킬 수 없는 아슬아슬한 승부를!"
우인이 사슬을 쥐고서 나를 향해 똑바로 뻗었다.
"시작하자, 진정한 갬블을!"

09

우인의 표정이 달라졌다. 어딘가 나른하던 분위기를 풍기던 것이 일변해, 지금은 활기가 넘쳐 흐른다.
"다시 시작해! 자, 빨리 카드 나눠줘!"
이 남자는 마법을 쓸 수 없다. 내 '변화' 가 패배할 리 없다.
여신이니 뭐니 영문 모를 소리를 하고 있었는데……. 그렇군. 이 남자는 정신이 나갔는지도 모른다. 그래서 자기의 궁지를 이해할 수 없는 거다.
나는 이긴다. 이기고 왕이 된다.
"자, 잠깐!"
우인 뒤에 있던 릴레네가 갑자기 크게 소리쳤다.
"뭔가요?"
이 세상 물정 모르는 여자도 안쓰럽다. 말투와 차림새를 보면 잘 자란 거겠지. 세간과 거리가 있는 삶을 살아서 이런 남자를 대타로 데려온 게 틀림없다.

손을 허리 앞에서 모으고 있다.

"소, 손 씻을 곳은 어디냐!"

"……야."

우인이 몸을 틀어 의자 등에 팔을 걸치고 말했다.

"진지하게 싸우고 있잖아. 이제부터가 중요한데 찬물 끼얹지 마."

"어, 어쩔 수 없잖나!"

"문제될 거 없잖아요. 당신, 엔파리스 님을 안내하세요."

구석에 서 있던 스태프가 릴레네를 방 밖으로 데리고 나갔다.

자, 계속해서 승부다.

덕워즈는 이제 질렸는지 나른하게 카드를 만들어 배포했다.

체크. 우인은 방금과 마찬가지로 2회 교환했다. 나도 2회 교환한다.

……투 페어. 이 규칙에서는 좋은 패다. 하지만 만약에 대비해서 나쁠 건 없다.

집중——.

내 손패가 조용히 변화했다. 이 마법의 좋은 점은 변화시킬 부분을 한정할 수 있기에 대면하고 있는 대전 상대에게는 아무 일도 일어나지 않는 것처럼 보인다는 점이다.

손패가 로열 스트레이트 플러시가 되었다. 이제 패배는 없다.

"정말로 대승부를 할 거라면——."

나는 우인에게 말을 걸며 상자에 칩을 하나 넣었다.
“우인 님이 와 주세요.”
“물론이지. 거짓말은 안 한다는 게 신조거든. 올인이다.”
상자의 숫자가 ‘ALL’로 바뀌었다.
하. 정말 승부에 나설 줄은. 이걸로 우인은 물러설 수 없다.
“네~. 그럼 이제 쇼다운 간다~.”
그때 문 너머에서 큰 환성이 들려왔다.
카지노에 있던 녀석들이 시끄러운 소리를 내고, 그 사이에 때때로 휘파람이 들려왔다.
방에 하나뿐인 문이 기세 좋게 열렸다. 칸막이가 사라지자 소음도 단번에 날아든다.
“우오오오오오오!”
“잘한다! 더 해 봐, 누님!”
“카멜리아 님! 큰일입니다!”
스태프들이 당황한 기색으로 달려왔다. 나는 일어나서 목소리를 높였다.
“뭐지? 소란스럽게!”
“릴레네 님이 옷을 벗기 시작해서 장내가 혼란스러워졌습니다! 막으려고 해도 저희 손으로는 도저히……!”
스태프 사이로 카지노 안의 모습이 보인다.
릴레네가 룰렛 테이블 위에 서 있다.
가슴과 복부의 갑옷을 벗고, 몸에 딱 밀착한 검은 속옷 차림. 막 갑옷을 벗었기 때문인지 가슴께의 깊은 골짜기에 땀이 흘러 요

염하게 실내의 조명을 반사하고 있다.

스태프 중 한 명이 릴레네에게 팔을 뻗어 붙잡으려 했지만 가볍게 팔을 비틀어 테이블에서 떨군다.

코인이 공중을 난다. 손님들이 릴레네에게 팁을 던지고 있는 것이다.

다음에 손을 댄 곳은 스커트처럼 생긴 하반신 갑옷. 릴레네의 다리를 통과해 쿵 하고 떨어지자 갑옷과 같은 길이의 내의가 드러났다. 짧은 스커트 모양이라 약간의 바람에도 뒤집힐 것 같다.

그걸 붙잡고 느릿하게 들어 올린다. 서서히 드러나는 흰 피부의 면적이 넓어지며 손님들의 환성도 커져 갔다.

릴레네의 얼굴은 수치심에 새빨갛게 되어 있다.

"아버님…… 죄송합니다……. 릴레네는 이렇게 숙녀가 해선 안 될 파렴치한 행동을 저지르고 있습니다……."

울 것 같은 얼굴이다.

나는 우인을 노려보았다. 무슨 일이냐는 듯 눈을 가늘게 뜨고 있다.

"패배한 분풀이인가요? 당신은 이제부터 제 부하가 될 운명인데 주인인 제 기분을 상하게 해서 어쩔 셈입니까? 나중에 후회하게 될 거예요."

우인은 양팔을 벌리고 어깨를 으쓱했다.

"그렇게 화내지 마. 저 녀석에게는 나중에 설교해 줄 테니까. 자, 승부를 계속하자. 한 번 더 패를 공개하면 끝이야."

"당신은 교육을 받게 될 거예요. 각오하세요."

"오, 무서워라."

나는 자리에 앉았다.

"빨리 끝내죠. 그런데…… 왜 히죽히죽 웃고 있는 건가요?"

우인은 의자 등받이에 몸을 기대고, 다리를 꼬고 앉아 있다.

"……이봐, 카멜리아. 하나 물어도 될까?"

우인이 고개를 우드득 꺾으며 말했다.

"왕위 계승권자라는 건 너처럼 인생을 건 녀석들뿐이야?"

그런 걸 질문해서 어쩌려고.

"……당연하죠. 이곳은 절대 왕정 국가. 왕이 되면 정말 무엇이든 실현할 수 있습니다. 계승권은 인생을 건다 해도 자기 뜻대로 얻을 수 있는 게 아니에요. 만약 각오가 없는 자가 운 좋게 계승권자가 되었다 해도 곧 패퇴하겠죠."

"음음, 과연 그렇구만."

기쁜 듯이 웃고 있다.

"뭔가요?"

"아니, 너랑은 관계 없는 일이지만 릴레네에게 감사를 해야만 하겠다 싶어서."

"……."

"계승전에서 이기면 이길수록, 진정한 갬블을 더욱 더 많이 할 수 있다는 거잖아."

이 남자, 나에게 이길 셈이란 말인가. 그렇다면 현실을 들이밀어 주지. 보통 인간이 마법을 쓸 수 있는 인간 상대로 갬블에서 이길 리가 없어!

"그래그래, 진행할게. 그러면, 쇼다운~."
덕워즈가 대화를 가로막듯 선언했다.
우인과 나는 동시에 테이블에서 집어채듯 패를 들고 단숨에 공개했다.
"로열 스트레이트 플러시! 어때요! 패배를 인정하세――."
……어?
눈알이 튀어나오는 줄 알았다.
몸까지 앞으로 들이밀어서 테이블 위에 가슴을 누르는 듯한 자세가 된다.
"이, 이건……."

5 파이브 카드.
우인 앞에는 규칙상 존재하지 않는, 가장 강력한 조합이 있었다.

"어우야~."
덕워즈가 우인의 패를 유심히 보았다.
"으음~."
잠시 침묵한 후, 손을 돌려 우인에게 향했다.
"올인했으므로 카멜리아 파라곤의 칩은 전부 사라졌습니다. 따라서 이 계승전은 릴레네 엔파리스의 승리로 끝납니다!"
손안의 반지가 진동하는 걸 깨닫고 시선을 향하자 색이 사라져 있었다.

길가에 굴러다니는 것과 마찬가지로 아무런 반짝임도 없는 돌멩이가 붙어 있을 뿐.

"으랴아아아아아아아아아아!"

우인이 일어나 고함을 질렀다.

어이.

어이.

어이어이어이어이어이어이어이어이어이어이어이어이.

잠깐…….

잠깐잠깐잠깐.

"이런 게 인정되나! 말도 안 돼! 인정될 리가 없어!"

우인 앞에 펼쳐진 카드를 가리켰다.

물론 로열 스트레이트 플러시보다 파이브 카드 쪽이 강한 조합이다. 하지만 파이브 카드를 만들려면 와일드 카드인 조커가 필요하다. 이번에는 조커를 제외한 52장 덱으로 플레이하고 있다.

즉——.

"파이브 카드가 나올 리가 없어!"

우인 앞에는 5가 다섯 장이나 있었다. 하트 5가 중복되어 있는 것이다.

"트럼프에서 카드가 중복될 리 없잖아! 이런 건 속임수조차 아냐! 어린애 눈속임이다!"

말하면서 나는 깨달았다.

후반이 되자 우인은 거의 매번 패를 두 번씩 교환하고 있었다.

5장 교환도 하고 있던 건 보다 많은 카드를 한 번 패에 넣기 위해.

카드를 빼돌리고 있었던 거다……!

하지만 어느 틈에.

"언제 빼돌렸냐는 표정이네? 후반부터 나는 쇼다운 뒤에 패를 던져서 되돌리고 있었잖아. 오픈까지는 누구나 긴장하지만 오픈이 끝나면 주의가 흐트러지는 법이지."

이 남자, 교환에서 선언한 숫자보다 적은 매수의 카드만 버리고 있었나……?!

아니, 잠깐.

이 남자가 말한 대로, 승부 후에는 확실히 집중하지 않았는지도 모른다. 하지만 승부 중에는 집중하고 있었다!

아무리 생각해도, 배포된 패와 빼돌린 카드를 바꿔치기하는데 눈치채지 못할 리가…….

앗.

"아얏!"

갑자기 우인이 큰 소리를 냈다. 어느샌가 방에 돌아온 릴레네에게 머리를 얻어맞은 것이다. 얼굴을 붉게 물들이고, 아까까지 벗고 있던 어깨 갑옷을 고치고 있다.

"뭐 하는 짓이야!"

"……한 대 때려야 속이 풀리니까. 그래서, 결과는 어떻게 됐나."

"……수고했어. 안심해. 그건 그렇고, 중요한 부분은 안 보여줬지만 너 몸매가 꽤 좋구나. 그렇지, 근육뭉치 군."

"그오~."

릴레네가 한 발 더 꿀밤을 선보였다.

"아야! 알았어, 미안! 사과할 테니까 그만 때려!"

소음 때문에 잠깐 눈을 뗐다. 그 틈이었나…….

"나는 인정 못한다! 덕워즈! 네놈, 우인의 편을 들고 있지?! 나는 마법밖에 쓰지 않았어! 네가 이렇게 우인의 어린애 눈속임을 인정한다면 나는 관리 위원회에 보고를——."

그러자 덕워즈가 모습을 감추는가 싶더니 순식간에 내 눈앞에 나타나 멱살을 움켜잡았다.

"크."

"어이어이어이어이어이~."

목이 조인다. 엄청난 힘이다.

"얀마, 몇 번이고 말하게 하지 말라고. 속임수는 금지하지 않았다고 말했잖아. 게다가 여기에 로열 스트레이트 플러시가 있으니 로열 스트레이트 플러시는 성립한다고 당당하게 말한 건 네놈이잖냐아아아? 그럼 파이브 카드도 가능한 거라고, 존중해 주고 있단 거 모르겠어? 천사를 깔보지 말라고, 내가 계승전에서 진 너를 살려 둬야만 할 이유가 있다고 생각해?"

또 검은자위가 엉뚱한 곳을 보고 있다. 사람이라곤 생각할 수 없는 형상으로 노려보는 바람에 나는 입을 다물었다. 정말로 살해당할지도 모른다.

"자자, 용서해 줘, 덕워즈."

일어선 우인이 덕워즈의 어깨를 두드렸다.

"……내가 마법도 쓰지 못하는 인간에게 지다니."

방심하고 있었는지도 모른다. 하지만 평범한 인간이, 마법도 쓰지 못하는 일반인이 마법사인 나에게 이기다니 불가능하다. 믿을 수 없어…….

"카멜리아, 넌 대단한 녀석이야."

우인의 눈이 나를 똑바로 바라보았다.

"근사한 카지노를 경영해서 돈을 벌고 있고, 게다가 마법까지 쓸 수 있다니. 직업도 없고, 돈도 없고, 마법도 쓸 수 없는 나와는 인간으로서의 격이 달라. 야망도 분명히 이룰 수 있을 거야."

그 얼굴에는 조롱도, 도발도 없다.

"정말 고마워——."

순수한 미소.

"인생에서 가장 재미있는 갬블이었어."

제2장 컵 앤 링

01

"건배~."

릴레네가 활기차게 잔을 내밀었다. 우리는 아까 밥을 먹었던 음식점으로 돌아왔다. 이미 아침이 가까워서 손님은 거의 없다.

"어이! 쏟았잖냐! 젖었어!"

"역시 내가 눈여겨본 남자다, 마사루. 우후후후후……. 너를 대타로 쓰길 잘했다. 10만 루스도 얻었고……. 음냐~."

아까 한 왕의 계승전에서 카멜리아는 계승권 외에도 10만 루스를 걸었다. 그게 릴레네의 주머니에 들어 있다.

대전 중에 나는 릴레네에게 스트립을 하라고 명령했다. 이기기 위해 필요한 희생이라 설득하자 의외로 순순히 받아들였다. 전라까지는 가지 않았지만 기사라 자칭하는 인간으로서는 제법이었다고 할 수 있으리라. 여기까지 오는 동안에는 나에게 온갖 욕설을 퍼부었지만 이 식당에 와서 술(같은 것)을 권하자 기세 좋게 마시더니만 이 꼴이다.

"너, 결국 취했구만."

"그렇지, 네 몫을 줘야지!"
릴레네는 얼굴을 붉히면서 주섬주섬 허리에 묶고 있던 천에 손을 뻗었다.
"앗, 아니, 괜찮아!"
"뭐지……? 사양할 거 없다고."
원래대로라면 전액을 받아도 좋겠지만 슬프게도 나에게는 저주가 걸려 있다.
"그건 네 지갑에 넣어 둬. 그 대신 여기 대금은 내 주고. 그리고……."
"뭐지?"
"다음 왕위 계승전도 해 줄게."
릴레네가 잔을 테이블에 부딪치며 눈을 동그랗게 떴다.
"저! 저저저저정말이냐?!"
"그래. 아까 결정했어."
"마사루! 너는 정말! 나도 다음 계승전을 해 달라고 부탁하려면 뭐라고 말해야 하나 생각하고 있었다!"
내가 바라는 진정한 갬블은 이 세상에 없다고 생각하고 있었다.
플레이어끼리 자신의 모든 존재를 건 갬블. 그것이야말로 진정한 갬블이다.
카멜리아도 릴레네도 왕위 계승전에 자기의 모든 걸 걸고 있다 해도 과언은 아니겠지. 왕위 계승전의 대타를 계속하면, 나는 진정한 갬블을 더 할 수 있을 거다.
"하지만 말이지, 너는 좀 더 제대로 왕위 계승전에 대해 설명해. 아까도 대전 상대가 마법을 쓰다니, 듣지 않으면 모르잖아."

"미, 미안하다……."

릴레네는 양쪽 검지를 맞대고 꼬물거렸다.

"하지만 말이지~ 나도 그리 자세히는 모른다……. 계승권자가 되었다고 해서 누가 룰을 설명해 주는 것도 아니고~."

"꽤나 엉성하구만."

"그래도 계승전의 흐름은 아까 경험했으니 알았겠지? ……그렇지, 카멜리아가 말했던 왕관은 말이지~. 나도 실제로 본 건 아니니까 소문에 불과하지만, 왕관은 마지막까지 승리한 계승권자만이 쓸 수 있다……. 자격 없는 자가 손을 대면 격렬한 마력 폭주가 일어난다는 소문이다. 나도 잘은 모르지만 적어도 그 사람이 죽는 건 틀림없겠지~. 777색의 돌이 박혀 있어서 굉장히 아름다운 모양이지만 훔치려고 하는 자는 안 나온다더군."

"흐음~. 그쪽은 아무래도 상관없어. 그래서 다음 계승전은 언제 할 셈이지."

"다음 계승전 기한까지 30일이나 있다. 서두를 필요는 없겠지. 그러니 그 전에 너와의 약속을 지키게 해 줘."

"약속? 무슨 소리야?"

"엘프 소녀를 찾고 있었잖나. 왜 잊었지?"

그러고 보니 그런 약속을 했었군. 왕위 계승전만 생각하고 있었다.

"아니, 굳이 찾지 않아도 돼. 그보다 먼저 왕위 계승전을――."

"안 돼! 나는 기사다! 약속은 반드시 지켜!"

붉게 물든 얼굴이지만 시선만은 굳건하다.

"아니, 내가 됐다고 하잖——."

"안 된다 안 돼! 엘프를 찾으러 가는 거다!"

릴레네는 떼쓰는 애처럼 발을 굴렀다.

"알았어! 좋아! 엘프를 찾으러 가자! 당장 가자!"

왜 내가 꺾여야 하는 거야. 고집쟁이의 술주정이 이렇게나 귀찮을 줄이야…….

그러자 릴레네는 만족스러운 표정으로 흥 하고 콧김을 뿜었다. 그리고 잔을 쓰다듬으며 웅얼웅얼 의미를 알 수 없는 소리를 토하면서 테이블에 엎드렸다.

"엘프는 자존심이 강한 종족이라고 하지. 그러니까 외관이나 외견을 꾸미는 데는 이상할 정도로 집착해……. 애초에 인간 마을에 있는 경우도 드문데, 심지어 넝마를 입고 돌아다녔다면 십중팔구——."

불쑥 고개를 들어 내 머리 위쪽을 향해 멍하게 반쯤 닫힌 눈을 향하더니, 갑자기 분명한 어조로 말했다.

"노예다."

여관에 도착할 때까지 술에 취한 릴레네에게 어깨를 빌려 줬지만, 체력이 없는 내게는 힘든 길이었다. 우리는 숲의 여관에서 선잠을 자고 이른 아침에 외출했다. 시장 안쪽을 향해 가고 있다.

"으으……. 머리가……."

"과음했어. 자, 물이라도 마셔."

발걸음이 무거운 릴레네에게 금속제 물통을 건네자 단숨에 다 마셨다.

"이제 괜찮다. 걱정을 끼쳤군, 마사루……."

"길 틀리지 마라."

한동안 걷다 보니 릴레네의 상태도 회복된 듯해 안심했다.

거리는 어딜 가도 활기찬 분위기였지만 가다 보니 어쩐지 분위기가 탁한 느낌이 들었다. 골목 끝에 눈을 돌리면 부랑자들이 잠들어 있고, 인종은 다양하지만 내가 봐도 확실히 알 정도로 질 나빠 보이는 녀석들이 늘어난다.

그러다 갑자기 탁 트인 곳으로 나왔다.

"도착했다. 경매장이다."

주변이 건물로 둘러싸인 광장이다. 우리 앞에는 군중이 있고, 그 앞에 목제 무대 같은 게 보였다.

"잘 오셨습니다, 여러분! 어서 오시지요. 자, 자. 다양한 노예가 있습니다! 어서 경매에 참가해 주십시오!"

무대 위에는 인종과 성별을 따지지 않고 여러 명이 철제 수갑을 차고 정렬해 있었다. 자신의 인생을 포기했는지 감정을 잃었는지 아무도 표정이 없다.

문득 릴레네를 보자 벌레를 씹은 듯한 표정이었다. 이 녀석의 성격을 생각하면 노예라는 존재를 좋게 생각할 리 없겠지.

"그럼 이어서 오늘의 특별 상품으로 넘어가겠습니다!"

외뿔이 달렸고 단추가 날아갈 것처럼 튀어 나온 배를 멜빵으로 억누르고 있는 남자 사회자가 말했다.

"있어. 저 애야."

"어디냐! 오, 저 가녀린 소녀인가!"

이렇게 빨리 발견할 줄은 몰랐다.

일자로 자른 소녀의 금발은 태양 빛에 빛나고 있으나, 얼굴은 약간 지저분한 것이 눈에 띈다. 다른 노예와 달리 눈에 생기가 있으나 이렇게 먼발치에서 보면 결코 건강한 몸이 아닌 것을 알 수 있다. 가느다란 팔에 찬 수갑은 보다 무겁게 보였고, 벌레 먹은 천에서 나온 다리는 몸을 지탱하고 있는 게 신기할 정도로 가늘었다.

"지금은 희귀해진 엘프의 후예! 지난 전쟁에 패해 외딴 숲에 살고 있기에 입하가 어려웠습니다만, 저희 경매장에서 우연히 입수! 엘프는 자존심이 세고 다른 종족을 싫어합니다만 이 녀석은 자~알 교육했기에 명령에 복종합니다! ……그야말로 뭐든지! 물론 상처는 입히지 않았으니 안심! 자, 그러면 시작합니다!"

"좋아, 가자."

릴레네가 그렇게 말하며 인파에 섞이려고 해서 팔을 잡아 막았다.

"지금 가도 방법이 없어. 봐, 경비원도 잔뜩 있고."

"하, 하지만……."

입찰이 진행되고 있다. 만 단위로, 점점 올라간다.

"침착해. 낙찰한 녀석과 이야기할 수밖에 없어."

"그런 놈들에게 가 봤자 상대해 줄지 아닐지도 모르잖나!"

릴레네의 콧김이 거칠다. 왜 네가 그렇게 진지한 거야…….

"확실히 이대로면 상당한 고액이 되겠는걸……. 그렇게 되면 신경 써서 양도될 테니 우리가 가더라도 만날 수 있을지 모르겠네."

"자, 다음 분! 다음 분 안 계십니까!"

사회자가 경매를 계속 진행한다.

그리고 내 옆에 있던 인물이 움직인 걸 알았다. 손을 위로 쭉 뻗고 있다.

"어?"

릴레네였다.

"3000만 루스!"

키가 큰 아인이 있어도 사회자가 잘 볼 수 있게 하려는 모양인지 발돋움까지 하고 있다.

"그쪽의 인간 여성!"

주위가 소란스럽다. 릴레네는 단숨에 두 배 가격을 불렀다.

"다른 희망자는 없으십니까?! ……네! 그러면 3000만 루스에 낙찰! 그쪽 여성분은 안내할 테니 나중에 인도 장소로 와 주십시오!"

"좋아, 어떻게든 됐군……."

나는 릴레네의 어깨를 붙잡았다.

"뭘 하고 있는 거야, 너! 바보냐?! 돈 없잖아!"

릴레네는 내가 어깨를 흔드는 것도 신경 쓰지 않고 후후후 미소를 지었다.

"안심해라, 마사루. 따라오도록."

“어서어서! 이번 낙찰, 진심으로 감사드립니다!”

아까까지 회장에서 사회를 보던 외뿔 아인은 멜빵을 양쪽 엄지로 팡팡 튕기며 다가왔다. 가까이서 보니 잔뜩 살이 찐 게 확 와닿는다.

아무래도 이 아인은 경매장 운영과 노예상인 양쪽을 생업으로 삼고 있는 듯하고, 릴레네가 낙찰한 엘프는 이 아인의 상품인 듯하다.

우리는 안내를 받아 텐트 안에 들어갔다.

입구 옆에는 어른이 몸을 움츠리고 간신히 들어갈 수 있을 크기의 우리가 설치되어 있다. 엘프 소녀는 그 안에 있었다.

“앗. 그때 그 저주받은 분!”

“시끄럽다, 엘프! 함부로 떠들지 마! 네 주인은 아직 나다!”

외뿔 아인은 위협적인 목소리로 고함쳤다. 소녀는 겁먹고는 도망치듯 우리 구석으로 몸을 기댔다.

“헤헤헤……. 죄송합니다, 부인. 교육은 제대로 했으니까요. 그건 그렇고 그쪽 어르신은 이전부터 이 노예를 알고 계셨군요. 역시 보는 눈이 있으셔라! 아하하하하.”

히죽대는 얼굴이 추하다.

“이 녀석은…… 어, 이름은 뭐였더라. 아니, 그쯤이야 아무래도 좋습니다! 내키는 대로 불러 주십시오. 이름만이 아니라 뭐든 내키는 대로 하셔도 상관없지요.”

아인은 머리의 뿔을 쓰다듬었다.

“고생했답니다. 아무래도 마을에서 추방되어 산속에서 객사

할 상황이었다는 모양이라 그걸 비싸게 샀습죠. 엘프는 전원이 마법을 쓸 수 있다고들 하지만, 이 녀석은 못 씁니다. 태생이 영 안 좋았을까요. 엘프 세계에서는 마법을 못 쓰면 추방당하는 모양이라. 엇차, 마법을 못 쓴다는 건 좋은 의미로 받아들여 주십쇼. 반항할 방법이 없어서 안전하니까."

"그런 건 괜찮아. 용건을 처리하지."

릴레네가 담담하게 말했다. 상인의 눈을 애써 보지 않으려 하고 있다. 노예를 소유하고 있는 이 아인에게 혐오감이 들었음을 알 수 있다.

"자, 부인. 곧장 지불을 하시겠습니까! 수수료를 포함해 합계 3250만 5000루스! 그러고 보니…… 돈은 어디 있습니까?"

아인은 릴레네의 몸을 위아래로 훑었다. 어깨에 숄더백 같은 삼베 자루를 메고 있을 뿐 거금을 갖고 있는 것처럼 보이진 않겠지. 나도 빈손이다.

"돈은 없다."

릴레네가 말했다.

"……네?"

릴레네는 아인의 눈을 똑바로 바라보며 말했다.

"돈은 갖고 있지 않다."

"경비워어어어어어어언!"

아인은 아까 소녀에게 고함쳤을 때보다도 큰 소리를 질렀다. 그러자 입구를 지나 쿵광쿵쾅 둔중한 발소리를 내며 갑옷을 입은 남자들이 들어와 순식간에 우리를 포위했다.

"까불고 자빠졌어어어……."
외뿔 아인의 목소리가 아까까지와는 달라졌다.
그리고 뿔이 부들부들 떨리기 시작하더니 눈이 붉게 물들고 몸이 부풀어 올랐다. 셔츠의 소매 단추가 뜯겨 날아간다. 몸에 잔뜩 붙어 있던 지방이 근육으로 변한 것이다.
"업무방해…… 아니, 사기다. 경비병에게 데려다 주지. 그 전에 혼쭐을 내 주지 않으면 맘이 안 풀려……. 내가 이 녀석을 살 돈을 마련하느라 얼마나 고생을 했다고 생각하는 거지."
경비원들이 검에 손을 대자 방 안을 긴장감이 채웠다.
"잠깐!"
릴레네가 침묵을 깼다.
"돈은 없지만 지불할 수 있는 건 있다."
"엉?"
릴레네는 아인이 반응하는 걸 보고 손을 내밀었다.
"나는 왕위 계승권자고, 이 반지가 증거다. 이걸 양도받으면 너는 나 대신 계승권자가 될 수 있다. 당연히 알고 있겠지?"
반지에 달린 주홍색 보석이 반짝반짝 빛난다.
"그런 이야기는 들어본 적 없다만."
"그런가. 뭐, 신용하지 않아도 상관없다. 너 자신에게 그럴 맘이 없다면 팔면 될 뿐이다. 왕위 계승전은 신의 이름으로 진행되는 신성한 행사다. 모조품 제조는 즉각 사형. 그런 멍청한 짓을 할 녀석 따윈 없지. 즉, 그만큼 희소성이 있다는 뜻이다."
"……."

노예상은 침묵에 빠졌다. 릴레네가 무슨 생각인지 추측하고 있는 모양이다.

……이 녀석, 왜 멋대로 이야기를 끌고 가고 있어.

"……그 반지와 엘프를 교환하고 싶다는 건가?"

노예상의 시선은 반지에서 떨어지지 않는다. 당장에라도 손을 뻗을 것 같다.

꽤나 갖고 싶은 것처럼 보인다. 릴레네는 옅은 미소를 띄웠다.

"교환도 좋지만, 기왕이니 갬블을 하자."

"뭐라고……?"

릴레네는 그렇게 말하며 과장된 손짓을 했다.

"가능하다면 둘 다 잡는 쪽이 좋겠지. 엘프라고 해도 이쪽이 거는 건 왕위 계승권이다. 왕이 된다면 어떨까? 돈 따위는 얼마든지 굴러 들어올 터다."

노예상은 미심쩍어하는 표정을 지었지만, 잠시 후 몸이 원래 크기로 줄어들었다.

단추가 날아간 셔츠 소매를 걷어 올렸다.

"……좋아, 해 주지."

"좋아, 결정됐군."

이 녀석은 왜 멋대로 이야기를 끌고 가는 거지.

"——가라, 마사루!"

"잠깐잠깐잠깐잠깐!"

나는 다시 한번 릴레네의 어깨를 붙잡고 얼굴을 맞댔다.

"어차피 이럴 거라고 생각했어! 나는 엘프가 중요하지 않다고 말했을 텐데. 왜 거기에 반지를 거는 거야.”

“핫핫핫. 왕이 될 자가 약속을 지키지 않으면 어떡하나.”

릴레네는 허리에 손을 대고 거만하게 덧붙였다.

“게다가, 너라면 질 리 없잖나?”

“…….”

이 녀석이 반지 아닌 물건을 걸었다면 맘대로 하게 뒀겠지만, 혹시 여기서 릴레네가 패하면 나도 왕위 계승전을 할 수 없게 된다. 나는 이번에야말로 살아갈 의미를 잃고 말겠지.

——할 수밖에 없다.

“젠장, 알았어……. 어이, 아저씨.”

나는 돌아서서 경비원을 팔로 밀어내며 아인 앞에 섰다.

그리고 옆에 있던 테이블 위 컵을 집어 들었다.

“속임수를 의심받아도 곤란하니, 여기에 있는 네 물건을 쓰지.”

“컵 앤 링, 이걸로 승부하자.”

02

규칙은 아주 간단하다.

내가 컵 두 개 중 하나에 반지를 넣고 섞는다. 반지가 들어간 컵을 노예상이 맞추면 승리. 못 맞추면 패배——.

“승부는 한순간에 끝나. 그리고 내가 컵을 섞는 동안 너희는 등을 돌리고 있어. 물론 컵에 반지를 넣지 않는 멍청한 짓을 할 생각은 없어. 못 맞추면 다른 한쪽 컵도 공개하지. 남자 대 남자로서 정정당당하게 승부하는 거야."

나는 그렇게 말하며 방 중앙으로 옮긴 테이블 위의 목제 컵에 반지를 던져 넣었다. 따랑 하고 메마른 소리가 들렸다.

마주 서듯 위치한 노예상이 말했다.

"내기에 건 걸 확인하지. 내가 이기면 왕위 계승권자라는 증거인 반지를 내게 양도한다. 너희가 이기면 거기 있는 엘프를 넘긴다. 틀림없겠지?"

"그래, 맞아. ……아, 중요한 걸 잊고 있었네. 아저씨, 당신 마법 쓸 수 있어?"

"……아니, 못 써."

"나도 못 써. 그럼 이 갬블에서 마법은 사용 금지군."

이 노예상이 정말로 마법을 쓸 수 없는지 아닌지는 판명할 수 없지만 규칙을 확인해 두는 것만으로도 견제는 된다.

나는 테이블 전체가 보이는 위치에 있는 우리 속 엘프 소녀에게 몸을 돌렸다.

"안심해. 저기 있는 멍청한 아가씨는 딱히 노예를 원해서 갬블하는 게 아니니까. 내가 이기면 해방해 줄게."

"……?"

내가 하는 말이 이해가 안 되는지 소녀는 고개를 갸웃하며 의아해하는 표정을 지었다.

몸을 다시 정면으로 돌렸다.

"다른 규칙은 없어. 문제 없다면 시작하지."

"좋다."
노예상은 주머니에서 손바닥만 한 크기의 열쇠를 꺼내 테이블 위에 놓았다. 내가 있던 세계에서는 좀처럼 볼 일 없는, 나뭇가지 같은 형태를 한 낡은 열쇠다.
"그게 저 우리 열쇠로군. ……그럼, 간다."
나는 컵을 위아래로 뒤집었다. 반지가 들어 있는 건 오른쪽 컵이다.
"섞을 테니 저쪽 보고 있어. 경비원들도 이동하라고까진 안 하겠지만 등 돌려 주고. 릴레네가 보고 있으니까 잔꾀 부려도 소용없어."

03

멍청한 놈…….
뒤에서 컵이 테이블을 미끄러지는 소리가 들리지만 위치는 특정할 수 없다. 꽤나 공들여 섞고 있는 듯하다.
하지만——.
나는 무심코 어깨가 떨리려 하는 걸 참았다.
이 남자는 엘프에게 등을 돌리게 하지 않았다!
엘프가 내게 협력하리라 생각하지 않는 모양이군. 아니면 자기 해방이 걸린 갬블이니 내게 협력할 리 없다고 얄팍한 생각을 하나?!
남자는 옷차림부터가 이상했는데, 어차피 어딘가의 촌놈이리

라. 승부가 끝나면 가르쳐 줄까. 노예라는 건 어떤 상황이라도 말을 듣는 법이라고. 하물며 이 엘프는 어리다. 내 교육 효과는 절대적이다.

엘프는 어느 쪽 컵에 반지가 있는지 안다. 그걸 내게 전달시키면 필승이다!

"아, 그렇지……."

인간 남자가 등 뒤에서 말을 걸었다.

"방금은 말하지 않았지만 저 엘프는 당사자가 아니지. 뭔가 말을 시키면 반칙이야. 그 애가 말을 하는 순간 속임수를 쓴 걸로 보겠지만 그래도 되겠지?"

"……그래, 상관없다. 어이, 엘프. 절대 아무 말도 하지 마라."

나는 히죽거리려는 얼굴을 막을 수 없었다. 이 남자, 머리는 제법 돌아가는 것 같지만 어차피 20살 언저리의 인간이겠지. 연륜이 부족하다. 나도 당연히 일상적으로 갬블을 한다. 가끔은 노예가 돕게 할 때도 있다.

——속임수를 말이지.

신호, 즉 암호는 엘프에게 꽤 많이 익히게 했지만, 지금은 좌우 두 가지 뿐이라 그것도 필요 없다. 눈으로 신호를 보내면 된다.

자, 잘 봐 둬라, 엘프. 그리고 나에게 반지가 든 컵을 가르쳐 주는 거다.

——턱, 턱, 턱.

컵을 섞는 소리가 멈추고 바닥을 뭔가가 두드리는 소리가 났다.

신발 소리. 뭐지. 걷고 있는 건가?

“어이, 너.”

인간 남자의 목소리다.

“너, 평생 노예로 살고 싶어? 그렇게 생각한다면 딱히 할 말 없지만.”

엘프에게 말을 걸고 있나.

“하지만……. 만약 그렇지 않다면 저 노예상에게 거역해. 버려졌는지 어쩐지는 모르겠지만, 해방되고 싶다면 자기 발로 걸어.”

대답이 없다. 남자는 혼자서 계속 말했다.

“이 갬블은…….”

마른 웃음 소리가 들린다. 진심으로 이 상황을 즐기는 듯한 웃음.

“네 인생이 걸린, 네 갬블이야.”

……이 녀석, 우리 앞까지 가서 엘프를 설득하고 있다.

이렇게 감상적인 녀석이 가끔 있다.

“……내 상품에 멋대로 말 걸지 마라.”

나는 연기를 했다. 엘프를 설득한다 해도 의미는 없다.

이 남자의 생각은 알았다. 엘프에게 등을 돌리게 하지 않은 건 지적을 잊어서가 아니라 내가 훈련해 놓았을 걸 예상하고 배신시키려 한 것이다.

“저 녀석에게 무엇을 전할지는 네가 알아서 결정해. 그게 네 갬블이니까.”

그런 얄팍한 대사로 내 가르침이 흔들리리라 생각하나.
이 엘프의 세계에는 나밖에 없다.
내가 신이고, 나 없이는 살아갈 수 없다고 각인되어 있다.
나는 이 녀석이 조금이라도 명령을 어기거나 실패하면 1주일 동안 완전히 무시했다. 존재 자체를 없는 것으로 취급했다. 물론 다른 노예 동료들도 철저히 따르게 했다. 최대의 아픔은 폭력이 아니라 세상에 인식되지 못하는 것. 즉, 고독이다. 한동안 계속하자 내 일거수일투족, 한숨에도 아양을 떨게 되었다. 완벽한 노예다.
이 남자, 노예를 해방하는 자신에게 취해 있는 착각 심한 정의파인가. 올바른 일을 하려 들면 모두가 자기에게 협력해 주리라 생각하나.
미숙하다.
어리다.
풋내 난다.
패배로 깨달아라. 이 세상은 착한 인간이 이기는 게 아니라는 걸…….
곧 다시 발소리가 들렸다. 남자가 원래 자리로 돌아온 것이겠지.
"……준비가 됐어. 이쪽을 봐."
나는 돌아서서 테이블 쪽으로 향했다. 남자는 뒤집은 컵 두 개 사이에 서서 팔을 벌리고 있다.
"선택해. 오른쪽인지 왼쪽인지."
"흐음, 어쩔까……."

짐짓 망설여 준다. 빨리 결정하면 재미 없으니 약간의 연출을 해 주자.

"하지만 방금 연설은 감동적이었군. 나도 노예상인을 그만둘까 생각했을 정도다. 하지만 이것도 생업이라, 마음은 아프다만……."

말하면서 우리를 힐끔 보았다.

알려 다오, 엘프. 반지가 있는 곳을――!

…….

…………어째서냐.

왜 안 움직이지.

설마 해방되고 싶어서 거부하고 있나?!

……아니, 그럴 리는 없다.

죽으라고 하면 스스로 자살하게 만들 수도 있다. 나를 거역하면 어찌 되는지는 엘프 자신이 잘 안다.

"왜 그래? 빨리 골라."

…………할 수 없군.

"엘프!"

책상을 힘껏 치며 고함을 쳤다.

"지금이라면 아직 용서해 줄 수 있지만, 나에게도 인내심의 한계가 있다! 알고 있을 텐데!"

엘프는 다시 우리 구석으로 도망치듯 움직여서 남자의 등 너머로 이쪽을 살폈다.

"무슨 위협을 하는 거야? 반지의 위치를 알려달라고 하는 건 아니겠지?"
"하! 그럴 리가 있겠냐. 자기의 해방이 달렸는데 가르쳐 줄 노예가 있겠어?"
노골적으로 의심스럽다는 건 안다. 하지만 직접 말한 건 아니다.
——그리고 나는 그 순간을 놓치지 않았다.
엘프가 왼쪽 눈만을 깜빡인 것이다.
됐다.
이쪽에서 오른쪽 컵, 틀림없다!
"열겠어. 괜찮겠지?"
"아니, 내가 연다!"
나는 이쪽에서 오른쪽 컵을 뜯어내듯 들어 올렸다.
"하하하하! 그 반지는 내가 받았다아아아아아아아아아아아!"
…….
………….
거기에는 가려져 있던 테이블 일부가 보일 뿐 아무것도 없었다.
어째서. 반지가, 없지?
"마, 말도 안 돼……. 그럴 리가!"
남은 컵을 손으로 쳐냈다.
거기에는 주홍색으로 빛나는 반지가 있었다.
"하하하하하하하!"
남자가 매우 시끄럽게 웃었다.
"네, 꽝! 속임수에 의존하다 보면 그렇게 되는 법이지!"
"뭐, 뭐라고……."

04

노예상의 당황과 분노가 섞인 표정을 보고 나는 크게 웃었다.

"저 엘프는 머리가 좋아! 내 덫을 간파한 모양이라 솔직히 초조했어. 하지만 네가 화를 내 준 덕분에 살았어!"

"어, 어떻게 된 거냐!"

"네가 저 엘프에게 반지의 위치를 전하라고 하니까, 그 애는 자신이 없는데도 반지가 있는 곳을 말해야 하는 난감한 처지가 됐다고."

"……."

"무슨 소리인지 모르겠다는 표정이군. 네가 뒤를 보고 있는 동안 나는 저 애 눈앞까지 가서 말을 걸었지."

"그 정도는 안다! 내 교육이 효과가 없었다는 거냐!"

"후, 드디어 자백했네. 알겠어? 분명히 말하는데, 나는 저 애가 너에게 무엇을 전하는지는 아무래도 상관없었어. 하지만 저 애의 위치만은 중요했지."

"뭐?"

"테이블과 엘프 사이에 장애물은 없으니, 저 애는 실제로 내가 컵을 섞는 걸 보고 있었지. 즉 반지가 어느 쪽 컵에 들어갔는가는 파악할 수 있었어. ……하지만 내가 사이에 서면 어떻게 되지?"

"……."

"당연히 시야가 막히겠지."

“설마…….”

“그 동안은 컵을 조작해도 안 보인다는 소리야.”

“그, 그럼 엘프는 나에게 잘못된 정보를……!”

노예상은 엘프를 노려보았다.

“아니, 저 애는 내가 시야를 가린 뒤에 등 뒤에서 릴레네가 컵을 교체하는 것까지 예측하고 있었어. 자기 위치에서는 릴레네가 전혀 보이지 않는데도 말이지.”

“그, 그렇다면――.”

“그래. 나는 릴레네에게 위치를 바꾸는 흉내만 내게 했어.”

노예상은 분노로 부들부들 떨기 시작했다.

“젠장! 젠자아아아아아아앙!”

“의표를 찌른다는 거지. 말해 두지만, 네가 저 애를 이용해서 속임수를 쓸 생각이 아니었으면 성립이 안 되는 방법이야. 누가 움직였건 한쪽 컵에는 확실히 반지가 들어 있었다고. 속임수고 자시고 없이. 운에 맡기고 뽑는 쪽이 훨씬 싫었어. 뭐, 다시 말해서――.”

나는 손가락을 튕기고 노예상을 가리켰다.

“엘프는 순종적이게도 주인이었던 너를 배신하지 않았고, 네가 바보라서 살았다는 거지.”

“끄으으으으으으으으!!”

나는 테이블에 놓여 있던 열쇠를 들고 공중으로 던졌다 잡기를 반복했다.

“당신과의 갬블은 내가 이겼다. 엘프는 받아가지.”

"네놈……. 이대로 돌려보낼 것 같냐?"

"어?"

기세 좋게 설명하고 있었는데, 갑자기 노예상이 풍기는 분위기가 변했다.

"이 엘프는 빚을 져서 입수한 거다! 이 녀석을 돈으로 바꾸지 못하면 사업이 끝장나! 넘겨줄 것 같으냐아아아아아아아!"

"어, 잠깐잠깐! 약속했잖아! 얌전히 넘겨!"

"해치워라, 이놈들아! 죽여 버려!"

경비원이 일제히 달려들었다.

다음 순간 바람의 마찰음이 들리고, 경비원들은 나를 때리려던 자세 그대로 지면에 쓰러졌다.

"네놈……. 결과를 받아들일 수 없는 자가 승부 따위 하지 마라. 인간으로서의 신의에 어긋난다."

릴레네가 검술을 발휘한 결과였다.

그렇게 말하며 노예상에게 다가가 목에 검집을 댄다.

"장사에 대해 참견할 생각은 없지만, 개인적인 감정만 말하자면 나는 노예 제도도 노예상인이라는 존재도 구역질 나게 싫다. 하물며 너처럼 노예를 함부로 대하고 판매처도 신경 쓰지 않는 놈들은 보고 싶지도 않다. 엘프는 데려가고, 이후에 언젠가 다시 네 상태를 보러 오겠다. 그때도 노예를 지금처럼 취급하고 있다면…… 알겠지."

노예상이 다리를 떨었다.

"그러니까 이 녀석을 돈으로 바꾸지 못하면 폐업해야 한다고 말했잖아…….”

내가 끼어들었다.

“너, 전혀 말 안 들었구나.”

“그런 말을 했었나?”

이 녀석은 내버려 두자….

나는 우리 앞에 가서 주먹만 한 자물쇠에 열쇠를 꽂았다. 삐걱삐걱 큰 금속음을 내며 열쇠가 돌아간다. 녹슬고 낡은 우리. 허리를 굽히고 안쪽의 상황을 살폈다.

엘프는 겁먹은 표정으로 나를 보고 있었다. 방금 일상이 부서졌으니 당황하는 것도 이상한 일은 아니다. 손을 안으로 밀어넣었다.

“이리 와.”

나를 무서워하는 게 아니라 이 우리를 나서는 걸 겁내는 것 같았다.

“이리 오래두.”

“…….”

조용히 나를 보고 있다.

난감하군. 이 녀석을 데려가지 못하면 릴레네가 납득하지 못하고 귀찮게 굴 것 같다. 억지로 데려갈 수도 없고. 시선을 하늘로 보내며 잠시 생각했다.

“그렇지. 아까 너에게 이건 네 인생을 건 네 갬블이라고 했잖아. 즉, 저 아저씨만이 아니라 너도 나와 승부를 했단 거지. 재밌는 승부였어.”

“……”

“네 인생은 내 거야. 그러니 나랑 함께 가자.”

엘프는 아무 말도 하지 않고 눈을 크게 떴다.
그리고 결의를 했는지 입술을 꽉 다물고는 머뭇머뭇 손을 뻗어 내 손을 잡았다.
아주 작은 손이다. 끌어 당겨 밖으로 꺼냈다.
“옷차림이 지독한걸. 이걸 입어.”
나는 입고 있던 교복 재킷을 벗어 소녀에게 입혔다.
그러자 소녀는 내 가슴팍 정도 위치에 있는 고개를 숙이고 교복을 찬찬히 바라본 다음, 볼을 붉히고 내 얼굴을 올려다보았다. 옷 소매를 꽉 움켜쥐며 말한다.
“가, 감사합니다……! 주인님!”

제3장 육체지배 룰렛

01

나와 릴레네는 엘프 소녀의 손을 잡고 옷 가게를 방문했다.

양팔을 벌린 사람 둘이 늘어서면 모자랄 정도의 카운터가 있는, 작은 개인 상점이다.

간판에는 '마법의 재봉점' 이라고 적혀 있었다.

"어서 오세요. 어머, 묘한 옷을 입고 있는 손님이시네요. 게다가 엘프라니, 신기해라."

주인 같은 여성이 카운터에 팔꿈치를 대고 말했다. 붉은 천을 터번처럼 머리에 감고, 노출이 많은 옷이 갈색 피부를 드러내고 있다. 나와 나이는 비슷해 보이지만 어른 여성의 분위기를 풍겼다.

"이 녀석에게 적당한 옷을 사 주고 싶은데, 괜찮은 게 있을까?"

가게 주인은 씨익 하고 입꼬리를 살짝 올렸다.

"뭐야, 주변 사람이 아닌가 보네? 간판에 적혀 있잖아. 여기는 마법의 재봉점이야. 기성품이 아니라 만든다구. 말해 봐. 누구 옷이 필요한 건데?"

"마, 마법……."

"그래. 나는 '봉제' 마법을 쓸 수 있어. 재단만 할 수 있다면 10분 만에 만들어 줄게."

"굉장한걸……. 이 애의 옷을 만들어 줬으면 한다."

릴레네가 소녀의 작은 등을 밀었다.

떠밀리듯 앞으로 나온 소녀가 당황한 표정을 지었다. 어째서인지 나를 보고 고개를 좌우로 흔든다.

"왜 그래? 벗어. 마법으로 금방 만들어 줄게."

"주, 주인님…. 저는 이 차림이면 돼요. 이 옷을 입게 해 주세요."

엘프 소녀는 내 교복 재킷을 입고 있다.

"응? 아니아니, 내 옷이 없어지잖아……."

이 세계에 온 후로 세탁한 적이 없어서, 잘라 말해 더럽다. 벗는 게 좋다고 생각한다만…….

릴레네가 끼어들었다.

"그 옷이 좋은가? 하지만 사이즈가 전혀 안 맞는데…… 그렇지."

릴레네는 소녀의 어깨에서 교복 재킷을 벗기고 말했다.

"이 옷을 이 애에게 맞게 수선해 줘. 할 수 있나, 점장?"

"아, 물론이지. 어디 보자……. 엘프라면 마법사겠지? 그 이상한 옷, 원단도 괜찮으니 로브로 만들까. 어때, 엘프 아가씨?"

빛이 비치는 것처럼 소녀의 얼굴이 확 밝아지더니, 힘차게 고개를 위아래로 끄덕였다.

"잠깐! 내 옷이잖아! 멋대로 결정하지 마!"

"어리고 불쌍한 처지의 소녀다. 조금은 원하는 대로 해 줘도 되지 않나."

"그런 문제가 아냐!"

"점장, 그럼 이 남자에게도 비슷한 옷을 한 벌 더 만들어 주지 않겠나?"

"비슷한 소재는 있으니까 가능해."

"결정됐군, 마사루."

"……뭐, 같은 게 돌아오는 거라면 상관없지만……. 내 교복이 그렇게 갖고 싶어?"

내려다보자 소녀는 활짝 미소 짓고 있었다.

"네!"

재단사의 기술은 대단했다.

치수와 재단을 순식간에 끝내더니 자른 원단을 집어 들었다.

그러자 그녀의 엄지를 제외한 네 손가락 끝이 양초에 불을 붙인 듯한 빛을 내기 시작했다. 그 손끝으로 원단 끝자락을 두드리며 템포 좋게 슬라이드한다. 피아노를 치는 듯한 움직임이었다.

눈을 깜빡인 다음 순간에는 봉제가 끝나 있었다. 재봉틀에 돌린 것처럼 곧게 바느질된 모습을 보니, 전기가 없는 이 세계에서는 귀중한 힘일 것 같다.

옷은 순식간에 완성됐다.

나는 다시 만든 교복을 입었다. 오히려 이전 것보다도 좋은 원단이라, 앞으로의 생활을 생각하면 새로 맞춘 것 같아 감사할 정도였다.

한편 소녀는.

교복 재킷은 그녀의 키에 맞추어 멋지게 로브 형태가 되어 있었다. 기장 자체는 원래 내 상반신 길이에 맞추어져 있었기에 그녀의 무릎을 덮을 정도라 딱 좋다. 소매와 어깨의 패드가 제거되어 있고, 목 부분만 단추로 잠그면 움직이기도 쉽다. 교복 재킷의 금색 단추는 검정 일색인 옷에 포인트가 되어 이 세계의 옷으로서도 자연스러워 보였다.

"그 원피스는 덤이야. 남는 원단으로 만들었어. 공짜로 주는 거니까 완성도에 토 달면 안 돼."

엘프 소녀가 입고 있는 재킷 아래에는 순백색 얇은 천으로 만든 원피스가 있었다. 소녀는 자신의 모습을 확인하듯 빙글빙글 돌더니, 재킷의 딱딱한 목깃을 톡톡 건드리며 고개를 들었다.

"점장님, 릴레네 씨, 주인님! 감사합니다! 소중하게, 아주 소중하게 입을게요!"

"마음에 들었다니 다행이야. 어디, 릴레네라고 했던가. 가격 말인데…… 합해서 8만 루스야."

금액을 들은 나는 깜짝 놀랐다.

"으앗, 비싸! 어이! 릴레네, 돈 충분해?"

"……."

얼굴이 창백해졌잖아.

"네가 팍팍 주문하니까 시세를 알고 있는 줄 알았는데…… 미안해요, 점장. 하루만 계산 기다려 줄 수 없을까? 지금 소지금이 없어서."

"얼마나 있는데?"

릴레네가 삼베 주머니를 들여다보며 중얼거렸다.

"5, 58000루스……다……."

"너 맨날 기사니 어쩌니 떠들지만, 하는 짓이 어른답지 못하잖아."

내가 말하는 것도 뭣하지만.

"며, 면목 없다……."

점장은 크게 깔깔 웃다가 한숨을 내쉬었다.

"그럼 5만 루스로 해 줄게. 그 여자애의 차림새를 보면 사정이 있었겠네."

"저, 점장……. 은혜를 입었다. 나는 왕위 계승전을 거쳐 국왕이 될 테니, 그날이 오면 당신의 이 가게를 왕가 납품점으로 하지."

"뭐야, 너 계승권자야? 그 반지, 대단하다 싶더라니……. 이거 대단한 사람을 만났는걸. 응원할게, 힘내~."

우리는 점장에게 손을 흔들며 가게를 나왔다.

이 세계에 와서 세 번째 방문하게 되는 음식점에서 밥을 먹기로 했다.

바싹 마른 엘프 소녀는 제대로 된 식사를 받지 못했던 거겠지. 작은 몸 어디에 들어가는지 모를 만큼의 양을 배에 밀어넣고 있다. 그러고도 부족한지 접시에 얼굴을 파묻듯이 먹어 치운다.

"맛있어요! 이렇게 맛있는 음식은 처음 먹어요!"

"야야, 아무도 안 뺏어 먹는다고."

"엘프의 식사는 검소하고, 고기는 거의 먹지 않아서 으애요."

고기를 입에 가득 욱여넣고 씹고 있다.

"먹으면서 말하지 마. 나 참. 잠깐 고개 들어."

테이블에 있던 냅킨으로 입을 닦아 주자, 간지러워하는 표정을 지었다.

"뭐냐, 마사루. 오빠처럼 행동하는군. 고향에 여동생이 있었나?"

"……상관없잖아. 아무튼 너 이름은 뭐야?"

얼굴을 든 소녀의 뺨은 또 음식물 찌꺼기나 소스 같은 걸로 더러워져 있었다.

"네! 제 이름은 '벨리스 사반티아 로 프리모티 엔디레칼 스리프로모스 하나코 안단텔라 롯카 소시티아 아란들크 메 치라티노 포르시펄 엔드이크' 예요!"

"어어어엉?"

"그러니까 '벨리스 사반티아 로 프리모티 엔디레칼 스리프로모스 하나코 안단텔라 롯카 소시티아 아란들크 메 치라티노 포르시펄 엔드이크' 라고 불러 주세요."

"못 불러! 너무 길어! 엘프 이름 너무 길어!"

"아뇨아뇨, 다른 종족이 너무 짧은 거예요."

에헷 하며 가슴을 편다.

그러자 릴레네가 위쪽을 바라보며 기억을 되살리면서 말했다.

"이거 곤란한걸. 연습이 필요하다. 음……. 벨리스 사반티아 로 프리모티 엔디레칼 스리프로모스 하나코……였나?"

“너, 의외로 기억력이 좋구나.”

그런 호칭은 불편할 수밖에 없다. 하지만 릴레네의 기억은 마침 좋은 부분에서 끊어져 있었다.

“좋아, 이제부터 너를 ‘하나코’ 라고 부르지.”

“하나코……라고요? 확실히 제 이름이지만, 그런 어중간한 부분에서――.”

“우리 고향에선 흔한 이름이야. 아니, 반대로 드문가? 괜찮지?”

“저는 하나코라도 괜찮아요. ……시험 삼아 불러 주시겠어요?”

엘프 소녀는 부끄러운 듯 몸을 작게 꼬았다.

“상관없지만……. 하나코.”

“네!”

이름을 부르자 후후후 웃으며 뺨을 붉게 물들였다.

그러고 보니 이 녀석은 노예상 아저씨가 이름을 부르지 않았지. 그래서 기쁜지도 모르겠다. 하나코는 포크로 노른자가 새빨간 달걀 프라이를 찌르며 말했다.

“두 분은 어째서 저에게 이렇게 잘해 주시는 건가요? 저는 마을 밖 세상을 그 노예상인 밑에서만 봤기 때문에 도시에는 지독한 사람들만 있다고 생각하고 있었어요.”

“그렇지 않다. 진짜 세상은 친절과 자비로 넘치고 있지. 안심해라, 내가 왕이 되면 모두가 안전하고 안심할 수 있는 세상을 만들 테니! 노예 제도도 이대로 두지 않겠다!”

릴레네가 주먹을 쥐고 말했다.

“그렇지만 하나코……. 너를 구한 건, 이 마사루가 너를 찾고 있었기 때문이다."

그렇게 말하며 내 팔을 살짝 찔렀다.

"아, 뭐어……."

"어째서죠……?"

하나코가 불안한 표정을 지었다.

"몇 가지 묻고 싶었을 뿐이야. 그게 끝나면 마을에 돌아가든 도시에서 새로운 생활을 시작하든 마음대로 해."

"대체 어떤 질문인가요? 제가 대답할 수 있는 거라면 좋겠지만……."

"너와 처음 만났을 때 저주 이야기를 했었지. 그 저주를 풀기 위한 방법을 가르쳐 줘."

——못된 짓으로 번 돈은 손에 남지 않는다.

나는 내가 갬블로 획득한 걸 유지할 수가 없다. 지금은 왕위 계승전만 할 수 있다면 딱히 중요한 일이 아니지만, 해주할 수 있다면 하고 싶다.

"저주? 저주라니 뭔가? 그러고 보니, 애초에 마사루는 왜 하나코를 찾고 있었지?"

"그걸 이제 묻냐."

나는 릴레네에게 저주에 대해 설명했다. 누가 저주를 걸었는지는 말하지 않았다. 아무리 이 세계라도 죽었는데 여신이 환생시켜 주었다니 역시 뜬금없다.

"마사루……."

릴레네가 복잡한 표정으로 말했다.

“그렇다면 너는 더더욱 내 보살핌을 받으며 왕위 계승전을 할 수밖에 없나.”

“그래서 한다고 말했잖아.”

“죄송해요, 주인님…….”

하나코가 내 말과 겹치듯 말했다. 양손을 무릎 위에 놓고 고개를 숙이고 있다.

“저는 저주를 푸는 법을 몰라요.”

“아……. 뭐, 역시 좀 아쉽나.”

“개별적이고 구체적인 해결 방법은 전문가가 몇 번이고 검증해서 간신히 가능성을 찾을 수 있을 정도예요. 그것도 혹시 신의 힘이나 그에 비등한 저주라고 하면, 현세에 살고 있는 인간에게는 도저히 감당할 수 없을 것 같아요.”

일생 이대로 누군가에게 보살핌을 받으며 살 수밖에 없다고 생각하면 귀찮은 일이긴 하다.

“실망시켜서 죄송해요…….”

고개를 든 하나코의 눈에는 눈물이 맺혀 있었다.

“……저기, 그 주인님이라고 부르는 것 좀 그만해 줄래? 딱히 네 주인님이 된 게 아니야.”

“그럼 마사루 님이라고 부를게요. 하지만 마사루 님이 아까 말씀하셨죠?”

하나코는 뺨을 복숭아색으로 물들이고 부끄러운 듯 시선을 돌렸다.

“넌 내 거라고…….”

양손을 뺨에 대고 꼬물꼬물 허리를 꼰다.

"아니, 그건 상황상 필요해서……. 아니, 뭔가 다르고……. 게다가 아저씨와의 승부에서 이긴 건 릴레네니까……. 나에게 노예를 부리는 취미는──."

"나도 노예 제도에는 반대한다."

릴레네가 끼어들었지만 하나코가 덮듯이 계속 말했다.

"하지만 그래도…… 저는 정말 감동했어요. 저를 거기에서 구출해 주시고, 게다가 멋진 옷을 주시고, 맛있는 식사도 배불리 먹게 해 주셔서……."

하나코는 울먹였다. 눈썹이 크게 일그러져 있다.

"저는 해방된 거죠?"

"……그렇지."

"그렇다면 저는 자유로워진 거예요! 저, 마사루 님이 가시는 곳이라면 어디까지든 따라갈 거예요! 저주를 풀기 위해 협력하게 해 주세요!"

"아니아니……. 나는 저주를 그다지 신경 쓰지 않거든. 그리고 날 따라와도 좋을 게 없어. 그렇지, 릴레네."

"그래. 이 녀석은 갬블 외에는 무능한 밥벌레다."

"표현이 왜 그래!"

그러자 하나코가 입을 열었다.

"……어쩌면 릴레네 씨의 존재가 저주를 푸는 계기가 될지도 몰라요."

"……무슨 뜻이야?"

내가 질문하자 하나코는 엉덩이를 움직여 자세를 고쳤다. 그리고 검지를 짝 세우고 얄팍한 가슴을 편다.

"저주란 근원적으로 악과 연결된 힘이에요. 사악한 마력을 원소로 삼고 있기에, 반대로 말하면 선한 마음과는 반발하는 법이죠. 어디까지나 이론상의 극단적인 이야기지만, 완벽하게 선한 사람에게는 어떤 저주도 전혀 통하지 않아요."

"어, 나는 악인이야?"

하나코는 미안해하는 표정으로 작게 고개를 끄덕였다.

"이론상으로는 악인이죠……. 조금이에요, 아주 조금."

"뭐, 선한 사람은 아니지. 인상에서 티가 난다. 갬블러고."

"릴레네, 너 잘됐다는 듯이 날 비방하지 마라."

"하지만 저에게 마사루 님은 아주 선한 분이세요! 안심하세요!"

"하나코, 지원 고마워. 내 얘기는 됐으니까 계속해 줘."

"네!"

문답을 반복하는 동안 하나코도 기세를 탄 모양이다. 의자에서 일어나 재킷 로브를 활짝 펼치며 말했다.

"즉, 마사루 님이 앞으로 선행을 거듭해 진짜로 선한 사람이 되면 저주가 풀릴지도 모른다는 거예요."

나는 하나코를 올려다보며 생각에 잠겼다.

"예를 들면…… 쓰레기를 줍는다든가? 횡단보도에서 할머니의 손을 잡아 드린다든가?"

"행당포도란 뭔가요? 음식인가요?"

"아, 미안. 신경 쓰지 마."

"그러네요……. 아마 이 정도 상급 저주는, 쓰레기를 줍는 정도의 일로는 설령 100t을 줍는다고 해도 풀지 못할 것 같아요. 구국의 영웅이 되는 정도는 필요하지 않을까요?"

"그건 한 나라를 구할 수준이란 거지? 그럼 무리야. 자랑은 아니지만 난 돈도 직업도 없어. 게다가 공부도 운동도 못해. 그런 놈이 나라의 영웅이 되다니 꿈같은 소리잖아."

말하는 자신도 한심하지만, 안타깝게도 사실이다.

"그러니까 릴레네 씨가 말씀하신 게 계기가 될지도 모른다는 거예요. 릴레네 씨가 왕위 계승전으로 왕이 되고, 정말로 나라를 좋게 만들 수 있다면 그건 마사루 님의 도움이 있었기에 성립한 선행으로 해석할 수 있겠죠?"

그렇군. 확실히 릴레네 혼자서 왕이 될 순 없겠지.

"예를 들게요. 그 노예상이 이야기하는 걸 우리 안에서 들었는데, 왕위 계승전이 시작되고 이 주변에서 살인 사건들이 일어난 모양이에요."

"뭐야, 그거. 무섭구만. ……계승권자가 살해된다는 건가?"

"네. 어느 쪽도 범인은 몰라요. 하지만 무차별 살인 같은 게 아니고, 흔적이나 목격자도 없으니까 계획적이고 조직적인 범행이라고 추측돼요. 이런 사건이 일어나는 건 나라가 안정적이지 못하다는 증거예요."

"조직 단위로 계승전에서 승리하려고 한다는 건가."

"간과할 수 없는 사태다! 내가 만들 나라에서 악행은 용서하지 않는다! 코즈벨트는 그 외에도 다양한 문제를 안고 있지! 나는 반드시 그것들을 해결하고 백성이 보다 안전하고 안심하고 생활할 수 있게——."

"뭘 씩씩대고 있는 거야. 말 좀 들어. 네 나쁜 버릇이야."

일어나서 선서하려던 릴레네였지만 주의를 주자 얌전히 자리에 앉았다.

"릴레네 씨가 말씀하신 대로, 릴레네 씨가 왕이 된 다음 이 나라에서 악을 하나하나 제거해 나가면 저주는 약해질 거예요."

예를 들어 일본에서 평범한 일반인을 총리로 만드는 건 불가능하다. 그 점에서 이곳은 왕위 계승전이 있으니까 아직 가능성이 있다.

"즉, 내가 대타가 되어 릴레네를 왕으로 만들고, 릴레네가 나라의 문제를 해결해 나간다. 그러면 그게 내 성과로도 인정받아, 내가 선인이 될 가능성이 있다는 거군."

"말씀하신 대로예요."

"할 수밖에 없잖나, 마사루. 그렇지! 내가 왕이 되면 너를 데려와 어울리는 자리를 주겠다! 그러면 먹고 자는 데 곤란할 것도 없고 하나코의 생활도 보장할 수 있겠지?"

릴레네가 보여 주려는 듯 불끈 쥔 주먹을 내밀었다.

"굳이 안 데려가도 돼……. 하지만 뭐, 할 일은 변함이 없나. 난 왕위 계승전만 할 수 있으면 상관없어."

릴레네는 내 대답도 듣지 않고 만족스러운 표정으로 고개를 끄덕였다.

"하나코, 네가 정말로 우리를 따라 오겠다면 협력해 줘. 너처럼 마법에 자세한 녀석이 있다면 왕위 계승전에서도 든든해. 이 자칭 기사란 여자는 그 점에서 정말 믿을 수가 없으니까."
"저라도 괜찮다면 얼마든지 써먹어 주세요!"
하나코는 앉은 채로 양팔을 활짝 쳐 들었다.
"정해졌군, 마사루."
한동안 왕위 계승전을 계속하겠다고 이미 정했었다. 이제부터 좀 더 이 세계에 대해 알아가야만 하겠지. 그래, 확인해 두고 싶은 게 있다.
"하나코. 엘프는 전원이 마법을 쓸 수 있는 거지. 그렇다면 네 마법을 알려 줘. 어쩌면 갬블에 쓸 수 있을지도 몰라."
"그게…… 저는 마력은 있지만 제대로 구현하지를 못해요."
떠올랐다. 확실히 노예상도 그런 말을 했었지.
"마을에서 쫓겨난 것도 그것 때문이에요. 엘프의 풍습에서 마법을 못 쓰는 자는 이단자로 불리고, 동료와 함께 사는 건 불길하다고 생각하거든요."
"그럼 마법은 전혀 못 쓴다고 생각해도 되나?"
"그렇게 생각해 주세요……. 스스로 제어할 수가 없는 거예요. 아기였을 때부터 촌장님께 잠재 마력의 크기를 인정받고, 주위에서는 어떤 마법을 가진 아이일지 기대받고 있었지만……."
"기대받고 있었지만?"
"있었지만……."
말하기 어려운 듯 말끝을 흐리고 있다. 하나코는 고개를 숙이고 재킷 로브의 옷자락을 쥐며 머뭇거렸지만 잠시 후 말했다.

"마력의 폭주에는 항상 폭발이 동반되는 거예요……."

폭발…….

"조금 커서 처음으로 마법을 발동했을 때 대폭발을 일으켜서 자칫하면 대참사가 될 뻔했어요. 다행히 사상자는 없었지만……. 그 후 연습을 해도 도저히 컨트롤할 수 없어서 마지막 기회를 받아 시험을 쳤지만, 그때 마을이 괴멸 직전까지 갔어요."

괴멸 직전……. 나는 엄청난 폭탄을 주웠는지도 모르겠다.

"……그래서, 연습은 얼마나 했어?"

"20년 정도예요."

"응? 농담하지 말고. 아무리 봐도 열서넛인 네가 어떻게 20년을 연습해."

내 말을 들은 릴레네가 과장되게 한숨을 내쉬며 고개를 저었다.

"마사루는 정말로 아는 게 없군. 엘프의 수명은 우리 인간의 7배쯤 되잖나."

"어, 하나코. 너 몇 살인데?"

"90살이 돼요!"

하나코는 숟가락을 든 손을 얼굴 옆으로 올리고 생긋 웃었다.

"……그만큼 연습해도 대폭발을 일으키면 나라도 추방하겠어."

"으으으으~."

"왜, 왜 그렇게 심한 소릴 하는 거냐. 하나코에게 사과해!"

"아…… 미안! 울지 마! 자, 디저트인 케이크야. 달콤하다고. 맛있어 보이네~."

02

나는 싸구려 여관의 딱딱한 침대에 누워 있었다.

창문을 통해 오후의 따스한 햇살이 들어와 방을 덥히고 있다.

이 며칠 동안은 딱히 아무것도 안 하고 시간만 보내고 있다. 한 일이라곤 카지노에서 당장의 생활 자금을 벌어 릴레네에게 건넨 정도다.

"마사루 님, 왕위 계승전을 하지 않아도 되나요?"

바닥에 누워서 발을 파닥거리며 나뭇결 수를 세던 하나코가 걱정스러운 듯 말했다.

"괜찮아."

몸을 일으켰다.

"한 번 계승전에서 승리하면 다음 기한까지 30일이 있어. 아슬아슬할 때까지 계승전을 피하고 다른 계승권자끼리 싸우게 해서 머릿수를 줄이는 쪽이 왕이 될 확률은 올라가잖아."

"그렇군요~. 역시 대단하세요, 마사루 님. 책사로군요."

이 작전은 내 본의가 아니지만, 릴레네가 승리에 집착하고 있기에 마지못해 승낙했다. 물론 지면 왕위 계승전을 할 기회가 다시는 찾아오지 않을 테니, 나로서도 다소 신중할 필요는 있었다.

그때 삐걱거리는 소리와 함께 방문이 열렸다. 릴레네다.

"마사루, 사건이다. 왕위 계승권자가 살해됐다."

숙소에서 15분 정도 걸어 인적이 드문 지역에 도착했다. 주위에는 민가만 늘어서 있다.

길에 인파가 생겨 있다. 경비병이 몇 명 있는데, 경찰처럼 현장 검증을 하는 모양이다.

사람들 사이에 얼굴을 들이밀자, 비늘이 피부를 빼곡하게 덮은 남자가 길바닥에 쓰러져 있었다.

릴레네가 하나코의 눈을 가리고 있다. 시체를 보는 건 처음이었지만, 내가 한 번 살해된 적이 있어서인지 죽은 게 아인이라서인지 생각보다 충격은 받지 않았다.

하지만 기분이 좋지 않은 건 분명하다.

구경꾼 사이에 있던 파란 피부의 중년 여성에게 말을 걸었다.

"저기, 누가 살해된 거야?"

"고든 사우전드라는 사람이라나 봐! 세상에, 왕위 계승권자라는데. 아, 무서워라."

우리는 한동안 중년 여성의 이야기를 들었다.

——고든 사우전드.

왕위 계승권자. 아인.

원래부터 갬블을 생업으로 삼았던 것 같다. 그 내용은 밝혀지지 않았지만 마법 같은 카드 실력으로 마구 벌어들여 '매지션'이라는 별명으로 불리고 있었다. 왕위 계승전에서 이미 두 명의 계승권자를 이긴 실력자다.

실제로 고든은 손에 왕위 계승권자의 증표인 반지를 끼고 있었다.

다만, 반지의 보석은 회색으로 흐려져 있었다.

"세 명째야! 세 명째! 왕위 계승권자만 살해되고 있으니 우리는 안전하겠지만, 역시 무섭잖아! 아, 살벌한 세상이야!"

우리는 중년 여성에게 감사 인사를 한 후, 인파에서 빠져나와 길가에 섰다. 연속 살인이 일어났는데도 사람들의 왕래는 줄어들지 않았다. 중년 여성이 말한 것처럼 왕위 계승권자만 아니면 위험하지 않다고 모두가 생각하는 것이겠지.

"릴레네, 왕위 계승권자가 죽으면 계승전에서는 어떻게 처리돼?"

하나코는 땅을 행진하는 개미떼를 한 마리씩 세고 있다. 그걸 나란히 앉아 바라보던 릴레네가 일어나 말했다.

"탈락 취급이 되어, 신의 고지에 따라 다른 계승권자가 새로이 선정된다. 따라서 계승전 자체에 실질적인 영향은 없는 거나 마찬가지다."

"반지는 어떻게 되지?"

"반지의 수는 정해져 있다. 관리 위원회가 이전 계승권자에게서 회수해 새로운 계승권자에게 주게 되겠지."

"반지의 색깔은?"

"신의 가호가 걸려 있으니까 계승전에서 지는 게 아니면 반지에 변화는 일어나지 않을 거다."

"……참고로 확인하는데, 계승전으로 사람을 죽이는 건 룰상 허락되어 있어?"

"멍청아, 가능할 리 없잖나! 계승권 따위와 관계 없이 법률로 금지되어 있다!"

나는 고든이 끼고 있던 반지를 떠올렸다.

"카멜리아를 이겼을 때 반지의 색이 사라졌어. 고든의 반지도 마찬가지 상태였고. 즉, 고든은 계승전에서 패한 뒤 살해되었다는 소리야."

"……그게 어떻다는 거지?"

"그러니까 계승전만 노린 거면 이미 고든은 탈락했으니 상관없잖아. 일부러 죽였다면 죽여야만 하는 이유가 있었단 이야기지. 게다가 세 살인사건의 범인이 동일하다면 분명 이유도 같을 거야."

"그렇다면?"

"피해자들은 범인에게 불리한 걸 보고 들었다는 이야기지. ……너도 조심해야 해."

"흠, 그거야말로 계승전 따위와는 관계없군. 나라면 암살자를 도리어 처단해 주겠다."

릴레네는 그렇게 말하며 허리에 찬 검집에 손을 댔다. 하나코도 개미에 질린 듯 일어선다.

"마사루 님도 조심하세요! 대타를 하고 있다는 소문이 나면 처음에 노리는 게 기사인 릴레네 씨가 아니라 마사루 님일지도 몰라요."

나는 핏기가 가시는 걸 느꼈다. 하나코가 한 말대로다.

"릴레네! 절대로 날 지켜! 넌 안 자도 되니까!"

"뭐냐, 남자답지 못하군. 정신 차려라."

나는 헛기침을 했다.

“혹시…….”

갑자기 목소리가 들려 우리는 뒤를 돌아보았다.

집사 같은 차림에 덥수룩한 수염이 난 남자가 있었다. 얼굴 곳곳에 피어스가 박혀 있다.

“갑작스럽게 말을 걸어 죄송합니다. 저는 르쿠르 가문의 하인입니다.”

“뭐야, 당신……?”

“르쿠르 가문…….”

“알고 있어, 릴레네?”

하인이라 자칭한 남자에게 들리지 않게 목소리를 낮췄다.

“유력 귀족 중 하나다. 분명 이번 대의 가주는 둘이고 자매였을 거다. 게다가 두 사람 다 왕위 계승권자로 선정되었다고 들었다.”

하인은 우리의 대화에 신경 쓰지 않고 말을 이었다.

“아가씨들은 지금의 왕위 계승권자 연속 살인에 마음 아파하고 계십니다. 그래서 제가 거리를 돌며 계승권자를 찾아내 말을 거는 중입니다. 반지를 보고 알았습니다.”

“용건은 뭐지?”

릴레네가 날카로운 눈초리로 물었다.

“왕위 계승전은 정정당당한 갬블로 승부를 가려야만 합니다. 그래서 아가씨들은 힘이 없는 계승권자 분들을 모으고 계십니다. 그리고 이 연속 살인을 벌이고 있을 집단, 혹은 폭력을 사용하는 자에 대항하고 처단한 후 남은 계승권자만으로 왕위 계승전을 계속하기를 바라고 계십니다.”

“…….”

“자세한 것은 아가씨들과 직접 이야기하고 결정하시면 됩니다. 저를 따라오시지 않겠습니까?”

그리고 깊게 머리를 숙였다.

외견에 비해 예의를 갖춘 언행이다.

——다만.

“사양할게.”

“…….”

나는 몸을 돌려 걸어가려 했다. 릴레네가 팔을 붙잡는다.

“괜찮나? 안전하게 왕위 계승전을 할 수 있는 찬스일지도 모른다만?”

나는 릴레네의 귀에 속삭였다.

“말은 저렇게 하지만 꼬투리를 잡고 유리한 상황에서 왕위 계승전을 할 셈일지도 몰라. 걸려 있는 걸 생각해 보라고. 왕위잖아. 상대가 어떤 수를 써도 이상하지 않지. 게다가…….”

“뭐지?”

“아니, 아무것도 아냐. 자, 가자 하나코. 아저씨, 나중에 기회가 있으면 부탁할게.”

우리는 팔랑팔랑 손을 흔들며 하인에게서 멀어졌다.

숙소로 돌아와 식사를 끝마치니 한밤중이었다.

나는 같은 방인 릴레네와 하나코를 배웅하고 내 객실로 돌아오자마자 비치되어 있던 로브를 입고 잠자리에 누웠다.

눈을 감고 잠을 청하려 했다. 살인 현장을 본 영향도 있는지 묘하게 지쳐 버린 느낌이다. 곧 졸리기 시작했다.

——문득, 묘하게 배가 간지러웠다.

배를 긁으려는데 손이 뭔가에 닿았다.

“으아앗…… 뭐, 뭐야. 하나코냐.”

“…….”

누워 있는 내 몸에 겹치듯 걸터앉은 하나코는 내 로브를 벗기고 배에 검지를 미끄러뜨리고 있었다. 뺨은 빨갛게 물들었고, 눈이 마주치자 부끄러운 듯 시선을 피했다.

“봉사는 처음이지만——.”

그렇게 말하며 하얀 원피스의 어깨끈을 벗기 시작했다.

“노예 동료에게, 이렇게 하면 주인님이 더 자상하게 대해 주신다고 배웠어요…….”

“야, 야…….”

약간밖에 부풀지 않은 가슴이 나타나려 했다. 드러나기 직전에 내 가슴에 몸을 맞댄다. 가는 주제에 부드러움을 남긴 허벅지가 마찰계수가 낮은 피부 탓에 묘하게 미끄러졌다.

“마사루 님……. 저를 해방해 주셨죠…….”

숨결이 뺨에 닿을 정도의 거리. 천 너머로도 하나코의 달아오른 몸이 느껴진다.

“지금만은 주인님이라고 부르게 해 주세요…….”

“머, 멍청아! 그만해!”

나는 하나코의 어깨를 꽉 누르며 몸을 일으켰다.
"주인님——."
"주인님이 아니라고! 하나코, 이런 짓 안 해도 돼."
하나코는 놀란 표정을 지으며 원피스를 다시 걸쳤다.
"이런 짓까지 안 해도 돼. 너는 이제 누구의 것도 아니고, 누구에게 아양 부릴 필요도 없어. 넌 자기 인생을 건 갬블을 했고, 어떤 의미로 이겼다고."
"하, 하지만…… 마사루 님이 마음에 들어 해 주시지 않으면 저는……."
하나코는 그렇게 말하며 눈을 감았나. 나는 그 머리에 손을 대고 금발을 슥슥 쓰다듬었다.
"그런 짓 안 해도 나는 변하지 않아. 왜냐면 넌……. 아니, 아무튼 다시는 이런 짓 하지 말라고. 꼬맹이는 얼른 자."
입을 다물고 '으으.' 하고 신음한 하나코는 침대에서 뛰어내려 타다닥 달려 갔다.
문을 열고는 돌아보며 말한다.
"제 쪽이 누나거든요, 마사루 님."
그러더니 어둠 속으로 사라졌다.
그러고 보니 90살이었지, 하나코는…….
나는 다시 한번 이불 속으로 파고들었다.
조금 전과 달리 고요하다.
전기가 없는 이 세계에서는 창으로 비치는 달빛밖에 조명이 없다. 그 희미한 빛이 기분 좋게 느껴져 눈을 감자, 금세 또 졸음이 찾아왔다.

——.

————.

————꿈을 꾸고 있다.

자각몽이란 걸까. 하지만 자기가 생각한 대로 움직일 수 있는 건 아니고, 나 자신을 부감하듯 보고 있다. 갬블을 하고 있는 모양이다.

이건…… 블랙잭이군.

나는 곧장 가장 강력한 숫자인 21을 만들었다. 내 앞에 돈이 좌라락 흘러 들어온다. 누가 어떻게 봐도 강하다.

하지만 내 얼굴은 어둡다.

그래……. 나는 돈을 바랐던 게 아니다. 부자가 되어 유유자적 살고 싶다고 생각한 적이라곤 한 번도 없다. 자신을 위해 쓸 거라면, 생활이 가능한 정도면 충분했다.

갬블을 하고 있던 테이블이 갑자기 내 앞에서 사라지더니 거기에 여신 아드라미르가 나타났다. 눈을 가늘게 뜨고 있지만 자비로운 미소를 짓는 건 아니다.

못난 것을 보았을 때 만들어지는, 조롱과 경멸의 미소다.

여신이 손을 내밀자 내 앞에 있던 돈이 그녀의 손 중앙으로 빨려 들어갔다.

그리고 내 몸이 얄팍해지기 시작했다. 육체를 만들고 있는 세포를 조금씩 빼앗기고 있었다.

모든 것을 빼앗긴다.

……아무것도 없게 되었다.

여신이 시선을 들자 나와 눈이 마주쳤다.

아까와 같은 미소를 짓고 있다.

——.

————.

——————.

"헉!"

나는 눈을 떴다.

기분 나쁜 꿈이었다. 졸린 눈을 비비고 이마에 맺힌 빰을 닦으려다 깨달았다.

철가면.

검은 갑옷을 입은 인간이 달빛에 반짝이는 검을 막 휘두르려는 참이었다.

"으앗!"

너무 갑작스러운 일에 놀라 기묘한 소리를 내며, 나는 아슬아슬하게 몸을 옆으로 틀어 칼날을 피했다. 콰앙. 침대를 부수는 소리가 나더니, 단면부 쪽으로 침대가 무너졌다.

"으아아아아아앗!"

겨우 정신이 들었다. 바퀴벌레처럼 땅을 기어 벽에 등을 기댔다.

"뭐야, 너는!!!"

철가면은 몸집이 작았다. 여자처럼 보인다.

검을 들고 느릿하게 다가온다.

"무슨 일이냐! ……네놈은 뭐지?!"

릴레네와 하나코가 방에 들어왔다. 둘 다 수면용 원피스를 입고 있다.

릴레네는 말을 끝내자마자 손에 들고 있던 검을 재빨리 뽑고 칼집을 던지며 앞으로 나섰다.

철가면도 호응하듯 앞으로 나아가 검집을 검으로 쳐내고, 그 기세를 몰아 릴레네를 옆에서 양단하려 했다.

금속과 금속이 부딪히는 소리가 울려 퍼졌다. 여운을 느낄 틈도 없이 다음 금속음이 들린다.

릴레네와 철가면은 눈이 따라잡지 못할 속도로 접전을 벌였다.

철가면의 검은 릴레네의 것보다 한층 두꺼운 대검이다. 검 끝이 방 전체를 휘감으며 춤춘다. 그것을 받아 내며 릴레네의 검이 틈을 노렸다.

"괜찮으신가요, 마사루 님?! 상처는요?!"

"나, 난 괜찮아……. 저 녀석 뭐야! 하나코, 너도 마법으로 응전——."

"못 써요!"

"그랬었지!"

릴레네와 철가면의 공방은 호각이었다. 릴레네의 검 끝이 철가면을 약간 스치자, 다음 순간에는 릴레네의 코에 칼자국이 생겼다.

큰일이다! 어떻게든 도와야!

카앙——!

릴레네의 참격이 철가면의 몸통을 때렸다.

"안 베이나! 어떻게 된 갑옷이야!"

릴레네가 투덜거리는 것과 동시에 철가면의 반격이 끝까지 베지 못하고 굳어 버린 릴레네를 포착했다.

최단거리로 검을 고쳐 잡은 릴레네였지만 자세가 나쁘다. 벽으로 날아가 버렸다.

값싼 숙소의 얇은 벽은 그 충격을 견디지 못한다. 릴레네는 그대로 벽을 뚫고 옆방까지 굴러갔다.

"으아아아아악! 너희는 뭐야아아아! 아까부터 시끄럽다 싶더니마아아아아아안!"

생겨난 큰 구멍을 통해 속옷 차림으로 절규하는 근육남이 있었다.

사람들의 목소리가 여럿 들려온다. 릴레네와 철가면의 대치, 남자의 절규에 사람들이 상황을 알아채기 시작한 듯하다.

"……칫."

철가면 아래에서 혀를 차는 소리가 희미하게 들렸다. 돌아서서 내달려 창문을 부수더니 곧장 바닥에 쿵 하고 떨어지는 소리가 들린다.

나는 일어나서 창문을 통해 아래를 내려다보았지만 거기에는 깨진 유리밖에 없었다.

"대체 뭐야……."

릴레네가 하나코의 손을 빌려 일어섰다.

"저 여자……. 내가 고전하다니, 상당한 실력이군."

"마력을 느꼈어요. 분명히 마법사예요, 릴레네 씨. 육체 강화

라든가, 물체의 경도 강화…….”

“아마 후자겠지. 동체를 베지 못했으니.”

“저런 놈에게 또 습격당하면 다음엔 무사히 넘어가지 못할지도 몰라…….”

나는 이마의 땀을 닦았다. 다치지는 않았지만 릴레네가 와 주지 않았다면 확실히 살해당했다.

“……마사루, 계승권자를 죽이고 있는 건 저 녀석이라고 생각하나?”

릴레네가 검집을 집어 들고 검을 밀어넣었다.

“글쎄……. 그냥 미친 놈이라면 좋겠지만 우리가 계승권자라는 걸 알고 있다면 질이 안 좋아. 릴레네가 아니라 나를 노린 건 내가 대타라는 걸 알고 있기 때문일지도 모르지.”

“할 수 없군, 마사루. 지금까지는 방을 따로 썼지만 같은 방을 써야만 한다. 하루 종일 나와 같은 공간에 있다면 이번 일도 있었으니 쉽게 손을 대진 못하겠지. 기술에서는 약간이지만 내가 위라는 걸 저쪽도 이해했을 거다.”

“나, 너랑 같은 방 쓰는 건 싫은데…….”

“사치스러운 소리 하지 마! 게다가 왜 네가 그런 소릴 하지. 숙녀인 내 쪽에서 할 말이다만.”

그때 문을 두드리는 소리가 들렸다.

고개를 돌려 보니 거기에는 낮에 만났던 하인이 있었다. 아까와 같은 차림새로 서 있다.

“곤란한 상황이신 듯해서…….”

하인이 고개를 깊게 숙였다.

"부디 이야기만이라도 들어 보시지 않겠습니까?"

03

포석이 깔린 길을 달리면서 작은 좌석이 덜컥덜컥 흔들린다.

가죽으로 된 쿠션이 아니었다면 엉덩이가 아팠겠지. 마차에는 처음 타 보지만 탑승감이 좋지는 않다는 걸 알았다.

어젯밤 여관에서의 사건을 떠올린다.

갑자기 나타난 하인은 우리를 미행했음을 정직하게 자백하며 사과했다. 계승권자는 왕성에 가면 확인할 수 있나 보지만, 그렇다곤 해도 전체 777명밖에 없으니 한 번 본 계승권자에게는 반복해서 말을 건다는 모양이다.

우리를 다시 한번 저택으로 불렀다. 정당한 계승전쟁을 하기 위해 단결하고자…….

나는 다시 한번 거절하고 돌아가라고 했지만 릴레네가 그걸 받아들였다.

"잠깐, 마사루. 혹시 르쿠르 자매가 우리에게 위해를 가하려 한다면 단결이니 어쩌니 하지 않고 습격하면 되잖나. 일부러 초대한다는 건 그들도 이 연속 살인 사건에 겁을 먹었기 때문이겠지. 후원자가 강해서 손해 볼 건 없다. 일단 이야기를 듣는 정도는 괜찮지 않나. 최종적 판단은 마사루가 하면 된다."

……의외로 멀쩡한 소릴 하네.

그렇게 생각한 나는 마지못해 승낙해서 여기까지 오게 되었다.
마차는 르쿠르 가문의 저택으로 향하고 있다. 내 옆에는 하나코, 맞은편에는 릴레네가 앉아 있다. 하인은 마차를 몰고 있기에 우리의 대화는 들리지 않는다.
"릴레네, 르쿠르 가문은 어떤 녀석들이야? 유력한 귀족이라며?"
릴레네는 곧은 자세로, 허벅지 부분에 가볍게 쥔 주먹을 올려놓고 있다.
"정확히는 이전엔 유력했던 귀족이다. 본디 기사 가문으로 과거의 가주가 무공을 세워 귀족 지위를 얻었다고 들었다. 그 가주에게는 장사 재능도 있어서 하사받은 영지에서 비단 생산을 시작한 후 부자가 되었다더군. 다른 귀족들에게도 돈을 많이 빌려줘서 굽실거리는 자도 많았던 모양이지만, 그 가주가 죽은 후에는 이전의 위세를 잃었다고 한다. 경쟁에 밀려 장사도 잘 안 되고, 지금은 사업을 계속하고 있는지 아닌지도 알 수 없군."
말이 울더니 마차가 멈췄다. 하인이 문을 열고 손으로 안내한다.
"도착했습니다. 자, 발밑 조심하시고."
"와아아~ 멋진 집이네요~."
마차에서 내린 하나코가 감탄했다.
올려다봐야 할 만큼 큰 저택이다. 광활한 정원 속에 강한 존재감을 뿌리며 서 있다. 장사는 하지 않는다 해도 재산은 여전히 있는 모양이다.
"안으로 안내하겠습니다. 이쪽으로 오시지요."

하인의 뒤를 따라 대문을 통과했다.

"우르슬라 님, 이제타 님. 우인 님 일행이 도착하셨습니다."

객실로 안내받은 우리는 방 중앙에 있는 테이블에 셋이 나란히 앉았다.

테이블에는 붉은색과 검은색이 교차하는 화려한 무늬의 원반이 설치되어 있었다.

룰렛이다.

그 회전판과 나란히, 테두리로 구분된 숫자가 정렬되어 있다. 보통 귀족의 방에 이런 건 없겠지만 이곳은 코즈벨트다. 손님과 갬블하며 즐기는 경우도 있는 거겠지.

여닫이문이 열리고 여자 두 명이 나타났다.

"잘 오셨습니다."

허리에 닿을 만큼 길게 머리카락을 기른 여자가 말했다. 검은 드레스를 입고 있다. 평상복인지 장식이 적고 시크한 모양새지만 의상에 대해서는 잘 모르는 나라도 고급품인 건 알 수 있다.

옆의 여자는 귀를 가릴 정도의 단발에 하얀 드레스를 입고 있다. 검은 드레스를 입은 여자보다 키가 작다.

"언니인 우르슬라 르쿠르라고 해요."

"동생인 이제타 르쿠르라고 해요."

언니인 우르슬라는 여자치고는 키가 큰 릴레네보다도 주먹 하나쯤은 키가 크다. 여동생인 이제타는 언니와는 다른 타입이지만 아름다운 용모다. 언니보다 처진 눈이 애교 있어 보인다.

미녀 자매라고 유명하지 않을까. 쌍둥이라든가 하지 않을까 멋대로 상상하고 있었지만 어딜 봐도 다르다.

"소문은 들었어요. 그쪽 남성분…… 우인 님이 대타로 나서 그 유명한 카멜리아 님을 이겼다던가……. 그건 그렇고, 여러분. 어제는 저희의 단결 제안을 거절하셨다고 들었습니다. 이야기를 들어 주신다면 정말 환영합니다만…… 저기, 이제타."

"응, 우르슬라. 대환영이야."

자매는 마주 보더니 각자 자신의 입에 얇은 장갑을 낀 손끝을 댔다.

확실히 둘 다 장갑 위에 반지를 끼고 있다.

언니 우르슬라의 돌은 감색, 동생 이제타의 색은 보라색이다.

"그 단결이란 것에 대해 하나 묻고 싶군. 어젯밤에 우리는 마법사로 생각되는 폭한에게 잠자리를 습격당했어."

"어머……."

박자를 맞춘 듯한 반응을 보였다. 역시나 자매……인가.

"아마도 왕위 계승권자의 암살을 노렸겠지. 설마 싶긴 하지만 너희는 아니겠지. 연이은 계승권자 암살도 포함해서."

"그런 의심을 품고 계시다니!"

언니 우르슬라가 크게 벌린 입을 양손으로 가렸다.

"어이……. 무례하잖나, 마사루."

나는 대답하지 않았다.

"아아, 무서워라……. 저기, 이제타."

"무서워, 우르슬라. 왕위 계승권자를 죽이다니 생각해 본 적도 없어. 계승권자를 죽여도 다음 계승권자가 선택될 뿐이잖아. 그러니 의미 없는 살인인데."

"그러네. 그럴 거야, 이제타."

"그럼 너희가 한 짓은 아니란 거군."

멍청할 정도로 대놓고 물어본 건 반응을 보고 싶었기 때문이다.

하지만…… 이게 보통일까. 이 자매의 반응은 연기로 느껴진다.

"하지만, '너희가 한 짓이냐' 라는 질문은 대답하기 곤란해요."

"……뭐라고?"

자매의 눈이 동시에, 자신들이 가진 반지와 같은 색으로 기이하게 빛나는 듯 보였다.

"——계승권자가 아니게 된 사람이라면 셋을 죽였다는 뜻이에요."

여동생 이제타가 등에 손을 뻗었다.

앞으로 돌아온 손에는 눈꼬리에 베인 상처가 난 철가면이 있었다.

"그, 그건……."

릴레네가 절규했다.

"어째서 계승권자를 죽인 거냐! 계승전에서 이겼다면 그럴 필요 없었을 텐데!"

릴레네의 얼굴에는 명백하게 분노가 넘쳤다. 살인 따위는 당연히 인간의 도리에 어긋난다. 그걸 자백하는데도 그냥 넘어갈 수 있는 성격이 아니다.

"아직도 모르겠어요?"

그리고 다음 순간, 비명이 울렸다.

"꺄악!"

"하나코!"

하인이 하나코를 뒤에서 붙들고 목에 작은 칼을 대고 있었다. 표정은 아까와 다르지 않았지만 눈빛이 어두워진 듯 보였다. 견실한 놈의 눈이 아니다. 폭력에 익숙하다.

"무슨 짓이냐! 하나코를 놔!"

릴레네는 검을 뽑아 들고 자세를 취했다. 핏대를 올리고 있다. 분노에 가득한 얼굴로 당장에라도 베어 들어갈 것 같은 기세다.

"저런, 움직이지 마세요."

언니 우르슬라가 손을 내밀어 릴레네의 움직임을 견제했다.

"우르슬라. 그런 짓을 하지 않아도 내 '완강(頑强)' 마법으로 이길 수 있는데. 어제도 소란만 일어나지 않았다면 릴레네도 죽일 수 있었어."

이제타의 말투가 달라졌다. 아까까지는 남에게 들려주기 위한 말투였던 모양이다. 우위를 취한 지금은 꾸밀 필요도 없단 건가.

"후후후, 이제타. 우리는 반드시 왕위 계승전에 승리하겠다고 맹세했잖니. 위험을 무릅쓰지 말고 안전하게 이기면 되는 거야. 우인 님, 릴레네 님, 얌전히 굴어 주세요. 그 하인은 지금까지 수도 없이 비슷한 일을 해 왔답니다. 베지 못하리라 생각하면 큰 오산이에요."

"릴레네……. 일단 검을 집어 넣어."
나는 검을 쥔 릴레네의 손을 잡았다.
"하, 하지만……. 어떡하면 좋은가, 마사루. 나 때문에 이렇게……."
이 저택에 오자고 한 건 릴레네였다. 지금이라도 눈물이 쏟아질 것만 같다.
"너만 책임이 있는 게 아냐. 됐으니까 일단은 검을 집어넣자……. 응?"
릴레네는 손을 떨며 검을 검집에 넣고, 바닥에 조용히 내려놓았다.

우리는 여동생 이제타에 의해 손을 뒤로 묶여 한곳에 모여 있었다. 의자에 앉아 있긴 하지만 의자째로 묶여 있다. 지금은 하나코도 옆에 있다.
"마, 마사루 님. 죄송합니다, 제가 아둔한 탓에……."
"아니, 내 탓이다……. 둘 다, 미안하다……."
"그만둬. 사과한다고 어떻게 될 일도 아니잖아."
……그렇다. 이런 때일수록 냉정해야만 한다.
"그럼 왕위 계승권자인 릴레네 님. 본론으로 들어가죠."
"……."
언니 우르슬라다. 하인이 우리 앞까지 의자를 가지고 오자, 우아한 걸음걸이로 다가와 앉았다. 그리고 크게 움직여 다리를 꼬았다. 내려보는 듯한 자세로, 턱을 앞으로 내밀고 있다.

“저와 갬블을 하죠.”

“……뭐?”

이제 와서 갬블을……?

“예를 들면 저기에 있는 룰렛 말이죠. 저걸 쓰면 어떨까요. 룰렛을 한 번 돌려서, 1부터 36이 나오면 제 승리, 다른 게 나오면 릴레네 님의 승리예요.”

“웃기지 마! 그런 불공평한 건 갬블이 아냐! 패배를 강요——.”

말하면서 깨달았다. 룰렛에는 00, 0, 1~36으로 총 38개의 칸이 있다. 우르슬라가 제안한 건 자기들에게 압도적으로 유리한 갬블이다.

“그렇군……. 너희는 이렇게 계승권자를 저항할 수 없는 상황으로 몰아넣고 불리한 갬블을 강요해서 이긴 후에 죽였군. 그래서 반지의 색이 사라져 있었던 거지.”

후후후. 우르슬라가 웃었다.

“입막음이라고 하는 거죠. 참고로 우인 님은 갬블이 아니라고 하셨지만 정식 왕위 계승전으로 인정받았기에 반지의 색이 사라진 거예요. 물론 천사도 입회했으니까요. 갬블은 플레이어 사이에 합의만 있다면 아무리 한쪽에 유리하더라도 성립하거든요. 설마 당신의 지론이 천사가 정한 규칙보다 우선한다고 말씀하시는 건 아니겠죠. 뭐, 이 방법을 눈치챈 계승권자가 얼마나 있을지는 모르겠지만요.”

그대로 웃음을 터트린다. 여동생인 이제타도 뒤를 따르듯 키득키득 웃으며 어깨를 떨었다.

이 녀석들의 속셈을 알았다고 상황이 어떻게 변하는 건 아니다…….

"자, 어때요. 시작할까요, 릴레네 님!"

"거절한다!"

"……."

옆의 릴레네는 살해당할 참이라는 걸 이해하고 있긴 한 건지 조금도 두려움을 보이지 않고 크게 외쳤다. 의자에 묶인 채로 앞으로 나아가려 해서 의자 다리가 덜커덕 울린다.

"나는 정직을 신조로 살아 왔다! 이런 비열한 방법에 굴복할 바에야 죽는 쪽이 낫다! 죽여라!"

"괜찮으신가요? 이 두 사람도 죽일 거예요?"

"그건 허락 못한다!"

이 녀석은…….

"당연하지! 입막음을 할 거라면 나도 하나코도 같이 죽일 게 뻔하잖냐! 물고 늘어지지 마! 죽을 거면 혼자 죽어!"

나는 릴레네에게 고함을 쳤다. 앞쪽에 의식이 쏠려 있던 탓인지 내가 소리를 지르자 놀라서 몸을 움찔 떨었다.

"마사루……. 지, 지금까지 함께 싸워 오지 않았나……."

나는 릴레네의 떨리는 목소리 따윈 무시하고 계속 말했다.

"멍청아! 휘말려 들었을 뿐이야! 굶어 죽는 게 무서워서 너에게 협력했을 뿐이라고! 그런 것도 몰랐냐! 이 바보 멍청아!"

"이제 와서 내부 분열인가요?"

우르슬라가 끼어들었다.

"하지만 곤란하네요. 릴레네 님이 갬블에 응해 주지 않으면 왕위 계승전이 성립하지 않아요. 그렇지. 이 둘부터 죽이죠. 그러면 릴레네 님도 생각을 고칠지 몰라요. 이제타, 우인 님부터 죽이렴."

"알았어, 우르슬라."

이제타는 등에 매고 있던 대검을 뽑았다.

"큭, 비겁한 것! 나를 죽여라!"

릴레네의 제지 따위 먹힐 리 없다. 이제타는 성큼성큼 나에게 다가온다.

그리고 유려한 동작으로 검을 크게 휘두를 준비를 했다.

머릿속에 일도양단당한 목이 날아가는 이미지가 떠오른다.

"——자, 잠깐잠깐잠깐잠깐!"

목을 움츠리며 필사적으로 호소했다.

"기다려 줘! 어이, 릴레네! 갬블해! 왕위 계승전과 관계 없는 내가 죽으면 마음 아플 거잖아!"

이제타는 검을 머리 바로 위에 멈추고 있다.

"그, 그것만은 안 된다……. 이런 비겁한 자에게 굴복하면 내가 사는 의미가 없어져 버려."

"안 되긴 뭐가 안 돼! 넌 자기 신념 때문에 남을 죽일 거냐고! 아, 이제 됐어! 젠장!"

자매가 키득키득 웃었다. 이제타가 검을 고쳐 쥔다.

"유언은 끝났나. 그럼——."

"아아아아아악, 하나만! 하나만 들어줘! 부탁이 있어……."

우르슬라가 질렸다는 듯 깊은 한숨을 내쉬었다.

"뭔가요. 가능한 만큼은 들어 드리죠. 인생 최후의 부탁이라니까요. 살려 달라는 말은 못 들어 드리는 상담이지만."

"그런 게 아냐……. 들어 줘, 나는……."

"……."

"――나는 사실 이 세계 사람이 아냐!"

"어?"

내 갑작스러운 말에 방의 공기가 묘하게 느슨해졌다.

"믿어 주지 않아도 상관없어……. 나는 다른 세계에서 갬블에 너무 빠진 나머지 살해되고 말았어. 그리고 또 갬블 때문에 살해되려는 참이야. 마지막으로 반성하고 싶어. 잘 알았다고, 갬블은 어리석은 짓이라고……."

"호호호호, 재미있네요. 계속해 보세요."

안 믿는 눈치지만 신경 쓰지 않고 계속했다. 정면의 우르슬라를 보며 이야기하는 중이라 릴레네와 하나코의 얼굴은 보이지 않는다.

"이전 세계에서 나에겐 여동생이 있었어……."

"흠흠."

우르슬라는 눈을 가늘게 떴다.

"하지만 여동생은 난치병에 걸려서 열네 살 때 안타깝게 죽었어. 돈이 있었다면 어떻게 됐을지도 모르지만 치료비를 마련할 수 없었거든."

나는 의자에 앉은 채로 고개를 끄덕였다.

"의사가 되려고 생각했지. 의사가 되어서, 같은 병으로 괴로워하는 아이들을 구해 주고 싶다고 진심으로 생각했어. 하지만 나는 고등학교 입시…… 아, 여기 고등학교는 없나……. 진학할 때 깨달았어."

"……."

"나는 공부를 전혀 못한다는 걸……."

"픕."

우르슬라와 이제타가 뿜었다.

"내 머리로는 의사가 될 수 없다는 걸 알고 말았어. 하지만 그때가 되어서야 여동생이 살아 있을 때 늘 하던 말이 떠올랐지."

고개를 들었다.

"오빠는 나에게 세상에서 제일가는 사람이라고."

나는 교복의 어깨 부분으로 눈가를 닦았다.

"하하. 여동생이 보면 오빠는 뭐든 할 수 있는 것처럼 보이는 거야. 세상에서 제일은커녕 최악의 못난이였는데 말이지."

"마사루……."

릴레네가 내 얼굴을 들여다보았지만 그대로 말을 계속했다.

"내가 처음 갬블을 했던 건 초등학생 때였어. 말다툼을 하다가 세뱃돈을 전부 걸고 갬블을 했지. 도둑 잡기였던 건 잊을 수도 없어. 고작 1만 엔 정도였지만 서로가 모든 걸 걸고 하는 승부는 최고로 재미있었지. 내가 갬블에 빠진 건 그때부터야."

천장을 올려다보았다.

"다행히도 나는 갬블의 재능만은 있었어. 간신히 들어간 고등학교에서도 동급생들과 장난으로 시작했는데 이기고 이기고 또 이겼지. 어느샌가 내 강함은 다른 학교에도 알려지고 어지간한 어른들도 이겼어. 얄궂은 일이지? 여동생이 죽은 후에 정말로 제일이 된 거야……."

옆에서 코를 훌쩍이는 소리가 들렸다. 릴레네가 목소리를 죽이고 울고 있는 듯했다.

"갬블에서 이길 때마다 천국에서 여동생이, 오빠가 세상에서 제일이라고 말해주는 것 같았어."

하나코를 봤다. 그녀도 눈가에 눈물이 고여 있었다.

"하나코. 네가 나를 따라온다고 했을 때 여동생이 돌아와 준 듯한 느낌이 들었어. 새삼 말하자니 어쩐지 부끄럽지만……."

"마사루 님……."

"하지만 동시에 그때의 도둑 잡기 같은 흥분을 느낄 수 있는 승부를 하고 싶다고 어딘가에서 생각하고 있었어. 없다고. 그 순간 자신의 모든 존재를 걸고 갬블하는 녀석 따위는."

나는 언제나 자신의 모든 것을 걸고 갬블할 셈이었다. 갬블만이, 갬블에서 최강으로 있는 것만이 여동생이 멋지다고 생각한 나로 있을 수 있는 방법이었기 때문에.

"하지만 이제 갬블은 그만둘래. 아니, 이제 이 세상에서는 할 수 없나. ……혹시, 혹시 또 여신이 나타나 다른 세상에 살게 해준다면 이번에야말로 진짜 갬블을 그만두겠어. 아아…… 여동생을 만나고 싶어. 이제 최고는 아니지만, 여동생은 나를 오빠라고 불러 줄까. 다음이 있다면, 여동생을 만나게 해 달라고 여신에게 빌어 볼 거야."

말을 마치자 방 안은 정적으로 가득 찼다. 여기 있는 전원이 내 이야기에 귀를 기울이고 있는 듯했다.

이만큼 진심으로 들어 주다니, 만족했다.

"……여기까지인가요?"

우르슬라가 나에게 가벼운 박수를 보냈다.

"그래, 좋은 시간이었어."

"꽤 흥미로운 이야기였네요. 자, 이제 마지막 소원을 말해 주세요."

나는 다시 눈물을 닦았다.

옆에 묶여 있는 릴레네와 하나코를 보고 미소 지었다.

미안해, 얘들아——. 그리고 말했다.

"하나코부터 죽여 줘."

"응?"

"어?"

모두 놀라서 기묘한 소리를 냈다.

"무, 무슨 말을 하는 거냐, 마사루……. 네놈! 방금 그 얘기는 뭐였어!"

릴레네가 일어나려 해서 의자가 흔들렸다. 하나코도 앞으로 꼬꾸라질 것 같다.

"마, 마사루 님……! 너무하잖아요! 노예는 결국 노예라는 건가요?!"

"시끄러워! 나는 먼저 죽고 싶지 않다고! 인간이니까 1초라도 오래 살고 싶다고 생각하지! 뭣하면 하나코 다음에 릴레네가 죽었으면 좋겠네!"

자매는 배꼽을 잡고 웃었다.

"하하하하하하! 굉장하네! 죽음이 눈앞에 다가오면 인간은 이렇게도 추해질 수 있군요! 좋아요. 바라는 대로 그 하나코인가 하는 엘프 소녀부터 죽여 드리죠!"

"마사루우우우! 네노오오오옴!"

릴레네가 진심으로 증오를 담아 외쳤다.

"하나코가 여동생 대신이 될 리 있겠냐고! 내 여동생은 귀가 뾰족하지 않아! 조용히 해 달라고! 지금부터 여신에게 여동생을 만나게 해 달라고 빌 테니까!"

그리고 나는 눈을 감고 적당히 기억하고 있는 염불을 외웠다.

하나코는 매우 당황해 어떻게든 밧줄에서 빠져나오려고 몸을 뒤튼다. 하지만 가녀린 몸의 소녀가 어찌할 수 있을 리 없다. 그래도 도망치려는 하나코의 팔에 밧줄이 파고든다. 소리가 나오지 않는 비명을 지르며 눈앞에 닥쳐든 죽음에 어떻게든 맞서려 했다.

하지만, 방법이 없다.

당장에라도 이제타의 대검이 확실한 죽음을 가져오려고 한다.

이제타는 검을 다시 한번 들어 올렸다.
"그만둬어어어어어어어어어어어어어!!!"
릴레네가 비명처럼 절규했다.

——그 순간이었다.

휘이이이이이이이이이잉——.

밀폐된 공간에 급격히 공기가 흘러들 때와 같은 소리가 갑자기 실내에 울렸다.
고음. 뺨에 바람의 움직임을 느꼈다. 내 옆에 공기가 모이고 있다.
"뭐냐!"
이제타의 손이 멈췄지만 소리는 점점 커져 간다. 이제는 피부로도 느낄 수 있을 만큼 대량의 바람이 내 옆에 집중된다.
하나코다.
그렇게 생각하는 순간, 눈앞에 깜빡임을 반복하는 하얀 빛 덩어리가 생겨났다.
하나코의 얄팍한 가슴 앞.
빛의 덩어리다. 뭔가가 빛나고 있는 게 아니라 그저 그곳에 빛이 생성되고 있다.
깜빡임을 멈춘 빛은 점점 강해져 시야가 하얗게 물들었다. 다음 순간에는 방 전체를 강한 빛이 뒤덮었다.

"우와아아……."

너무나도 눈 부셔서 자기도 모르게 소리를 냈다.

"뭐지?! ……주, 죽여라! 이제타! 당장 죽여!"

"……!!!"

이제타가 힘을 잔뜩 실은 검을 하나코에게 내리쳤다.

그 순간――.

시야가 완전히 하얗게 변했다고 생각한 순간, 굉음. 너무 큰 음량에 청각이 없어진 것처럼 느껴졌다.

하얀 빛이 작렬했다. 무음의 세계에서, 주위에 있던 것이 하나코를 중심으로 날아갔다.

나도 릴레네도, 이제타와 우르슬라와 하인도, 충격파로 날아갔다.

"끄허억……."

나는 벽에 충돌한 뒤 바닥을 구르며 신음했다. 벽에 부딪치는 기세로 묶여 있던 의자가 부서졌다. 밧줄이 풀렸다.

간신히 몸을 일으켜 주위를 둘러봤다. 호화롭던 방은 처참한 꼴이 되어 있었다. 모든 창이 깨지고 바닥에는 큰 구멍이 났으며 벽에는 금이 갔다. 장식 따위는 흔적도 남지 않은 것도 있다. 어째 뜨겁다고 생각했더니만 곳곳에 작은 불이 붙어 있다.

릴레네가 내 옆에 쓰러져 끙끙대고 있었다. 어깨를 흔든다.

"어이, 일어나. 괜찮아?"

"우, 우웅……."

릴레네가 눈을 번쩍 떴다. 그리고 그대로 내 얼굴을 때렸다.

"아얏!"
"마사루! 이 배신자 놈! 잘못 봤다!"
"잠깐만! 보라고!"
"으응?"
우르슬라와 이제타는 기절까지 하진 않았지만 둘 다 벽까지 날아가 바닥에 쓰러져 있었다. 하인은 방 구석에 완전히 뻗어 있다.
그리고 혼자만 아무 일도 없었던 듯 앉아 있는 사람…….
"하나코!"
릴레네의 밧줄을 풀어 주자 하나코가 있는 곳까지 달려간다. 하나코는 스스로도 무엇이 일어났는지 모르는 듯 갸웃거리고 있었다. 릴레네가 그 어깨를 안았다.
"괜찮나?! 저건 뭐였지? 폭발이 일어났다!"
"포, 폭발……."
나도 옆으로 다가갔다.
"상처는 없는 모양이네, 하나코."
"……마사루 님?"
나를 올려다보는 소녀의 눈동자에 마법을 사용한 여운 따위는 없다. 즉, 이번 충격파는 그녀가 자기도 모르게 의식하지 않고 날린 것이다.
"도박한 거야, 하나코. 네 마법은 '폭발' 이었던 게 아닐까. 마을에 있을 때도 마력이 폭주한 게 아니라, 폭발 그 자체가 마법이었단 거지. 내몰렸을 때 폭발을 일으켰다는 이야기를 했었으니 그렇지 않을까 생각했지."

하나코의 머리에 손을 올렸다.

"죽든 살든 너에게 걸었어."

"그, 그런 폭력적인 마법은 싫어요……."

역시, 이 녀석 반쯤은 알면서도 인정하지 않았었군…….

스스로 받아들일 마음의 준비가 되지 않았기에 마을 사람들도 이 녀석의 마법이 무엇인가 특정하지 못했을지도 모른다. 마법을 사용하는 게 당연한 엘프이기에 무의식적으로 마법을 거부하고 만 것이다.

하나코의 머리를 슥슥 쓰다듬었다.

"미안해, 심한 소리를 해서."

"그러면…… 그건 전부 거짓말이었군요! 마사루 님!"

하나코는 커튼을 쳤던 방에 햇살이 비친 것처럼 표정이 밝아졌다.

"아니, 거짓말은 아냐."

"어……."

"내가 이세계에서 온 것도, 여동생이 있었다는 것도 사실이야."

"……미, 믿어요! 이런 상황까지 와서 마사루 님이 거짓말을 하실 리는 없으니까요."

"나중에 자세히 이야기하자. 지금은 그럴 때가 아니니까."

릴레네가 내 팔을 붙잡았다.

"왜 하나코에게는 사과하고 나에게는 한마디도 안 하지……."

"시끄러! 그럴 때가 아니라고 했잖아! 거짓말이야, 거짓말! 하

나코에게도 너에게도 지독한 소릴 해서 미안해!"

"음……. 알았다. 마사루, 하나코. 내 뒤로 물러나라."

릴레네는 우리에게서 시선을 떼고 검집에서 검을 뽑았다.

"너희, 이제 이 두 사람에게는 손가락 하나 못 댄다."

우르슬라와 이제타도 이미 일어나 있었다. 갑작스럽게 날아든 하나코의 마법에 당황한 듯했지만, 이제타 쪽은 재빨리 검을 주워 들고 임전태세였다.

실내에 긴장감이 달린다.

"잠깐."

나는 대치하는 두 사람 사이에 끼어들었다.

"여기서 싸워 봤자 서로 아무 이득도 없을 거야. 어떤 피해를 입을지도 모르고. ……이 상황을 정리할 좋은 방법이 있어."

"……들어 볼까요."

우르슬라가 대답했다.

릴레네 뒤에 숨어 있지만 지금의 우리에겐 하나코가 있다. 솔직히 지금 마력을 컨트롤할 수 있는지 알 수 없지만, 녀석들 쪽에서 보면 위협적인 건 틀림없다. 우리가 지금 이곳을 장악하고 있다는 걸 자매도 알고 있는 모양이다.

"마사루, 지금의 우리라면 이 녀석들에게 이길 수 있지 않나……?"

"그럴지도 모르지. 하지만 그러면 마음이 안 풀리지."

나는 릴레네의 옆을 지나쳐 이제타 쪽으로 향했다.

그리고 맨손으로 이제타가 든 검을 치웠다.

"화가 난다고……."

스스로도 믿기 어려울 정도로 대담해져 있었다.

두 번이나 나를 죽이려고 했겠다. 정정당당하게 승부할 용기가 없는 녀석이 폭력으로 상대를 지배하려 한다. 마음이 약한 자이기에 힘에 의지하는 법이다.

"네놈들, 이렇게 상대를 협박해서 반드시 이기는 갬블만 해 왔겠지. 진짜 한심해. ……어이, 하나코."

"앗, 네!"

이제타의 눈을 똑바로 바라보며 말했다.

"거짓말한 게 하나 더 있어."

"……."

"내가 나로 있기 위해서, 나는 내가 해야 할 일을 그만두지 않아――."

움켜쥔 주먹을 앞으로 내밀었다.

"네놈들에게 진짜 갬블이 뭔지를 가르쳐 주지! 천사를 불러!"

04

내 호통을 들은 릴레네가 다가왔다.

"마사루……. 갬블을 할 셈인가?"

"그래. 너도 화가 났겠지. 갬블로 정면에서 날려 버릴 수밖에 없잖아."

릴레네는 불안한 표정을 짓고 있었지만 내 말에 생각을 고친 모양이다. 작게 고개를 끄덕였다.

나는 우르슬라와 이제타 쪽을 보았다.

"너희도 그거면 되겠지. ……아니면, 제대로 갬블하는 건 무섭나?"

"흥."

이제타가 짜증을 숨기지 못하고 코웃음을 치더니 언니 쪽을 보았다. 우르슬라가 대답했다.

"괜찮겠죠. 여기까지 왔으니 주제를 알게 해 드릴게요. ……다만, 우리는 둘이서 싸우도록 하겠어요."

뭐?

"뭔가 문제가 있나요? 그쪽은 대타를 세웠지만 반지는 하나. 이쪽은 둘이서 계승전에 임하고 있는 거예요. 리스크는 같고 리턴은 두 배, 갬블로는 좋은 조건이겠죠?"

"……."

어떡할까.

룰에 따라 달라지긴 하지만 1 대 2의 도박은 조건이 좋지 않다. 우르슬라는 리스크가 같다고 말했지만 그건 어디까지나 걸린 물건의 문제. 내게 불리한 건 틀림없다.

"나도 하지."

생각하는 동안 옆에 있던 기사가 한 걸음 나서서 목소리를 높였다.

"마사루가 말하는 대로다. 이런 악녀들에게, 설령 갬블이라 하더라도 정의가 패할 리 없다. 마사루가 함께라면 더욱 그렇다. 2 대 2로 승부해라."

세상 물정 모르는 릴레네가 건방진 소리를 했다.

……그렇다. 솔직히 어떤 갬블을 해도 릴레네가 전력이 되진 않겠지만, 나는 지금까지도 여러 명을 상대로 갬블한 적이 여러 번 있다. 나 혼자 둘을 이기면 될 뿐이다.

릴레네도 없는 것보다는 낫겠지. 정말로 약간. 쥐꼬리, 손톱의 때 정도는.

"좋아. 하자."

내가 그렇게 말하자 릴레네가 앞으로 나섰다.

동시에 우르슬라와 이제타도 다가온다.

셋이서 마주 보고 천천히 주먹을 앞으로 내밀었다.

"레이즈 온!"

맞닿은 반지 세 개가 공명하듯 떨리며 귀를 찢는 듯한 고음이 울려 퍼졌다.

반지가 약하게 깜박이는가 싶더니 세 가지 색이 뒤섞여 갑자기 강한 섬광을 발했다. 이걸로 두 번째 보지만 익숙해질 것 같지 않다.

눈 부셔서 얼굴을 가리고 있던 팔을 치웠다.

그러자 거기에는 한 여자가 있었다.

지면에 발을 대고 있지 않다. 수십 센티미터 높이에서 느릿하게 내려온다.

순백 로브와 발끝까지 닿을 듯한 흑발이 크게 펼쳐져 있다. 큰 다크서클이 있고, 눈꺼풀을 천천히 들자 푸르고 동그란 눈동자가 앞을 바라보았다.

"……."

이 천사가 입을 여는 걸 기다린다. 이제부터 왕위 계승전이 시작되는 것이다.

"……."

"……."

"……."

"……."

"……어이."

인내심이 끊어진 내가 먼저 입을 열었다.

"말 안 해?"

"…………게……."

"어?"

목소리가 너무 작아서 귀에 손을 댔다.

"……시작할게, 라고 말했어……."

"그, 그래."

이전 계승전에서 딜러를 하기 위해 나타난 덕워즈라는 여자도 꽤나 이상했지만, 이 녀석도 이상하게 개성적이다. 청각에 의식을 집중하자. 제대로 못 들어서 불리해지면 대책이 없다.

천사는 얄팍한 입술을 약하게 움직여 말했다.

"……나는 천사 플로렌틴. 2 대 2 갬블이네. 내용은……?"

돌아보니 우르슬라와 이제타도 귀에 손을 대고 있었다.

"아, 내용 말인가요. 이건 공평을 기하기 위해 천사님이 결정해 주시겠어요. 우인 님, 괜찮을까요?"

"상관없어."

지금부터 교섭을 하는 것보다는 빨리 게임을 시작하고 싶다. 이 녀석도 천사라면 덕워즈랑 마찬가지로 절대적 중립을 지키겠지.

"……그거……."

플로렌틴은 테이블을 가리켰다. 거기에는 룰렛이 있다.

그대로 손가락을 펼치고 손바닥에서 방사 형태로 빛을 뿜었다.

"……이 테이블에 장치는 없어. 평범한 룰렛이지만, 조금 손을 보자……."

빛이 멈추자 회전판 안에 있는 숫자 구분선이 작게 삐걱이는 소리를 내며 몇 센티미터씩 어긋나며 하나 하나 칸을 넓혔다.

"……00, 0은 지웠어……."

회전판의 숫자는 1~36으로 변했다. 이후의 규칙에 영향이 있으려나.

추가로, 천사는 이 룰렛에 특별한 장치는 없다고 했다. 르쿠르 가문의 물건이지만 천사가 그리 말한다면 신용해도 괜찮겠지. 애초에 자매는 제대로 갬블로 대전하려 하지 않았었으니 룰렛에 장치를 달아 속임수를 준비해도 의미가 없다. 즉, 이 룰렛은 이제부터 할 왕위 계승전을 위해 준비된 도구가 된 것이다.

"……갬블의 이름……."

플로렌틴이 담담하게 말했다.

"……육체지배 룰렛……."

릴레네가 말했다.
"육체지배……라니 뭐냐. 룰 설명을 부탁한다."
나도 그렇게 뒤숭숭한 단어가 앞에 오는 갬블은 들어본 적이 없다.
"……기본적인 규칙은 일반 룰렛과 같아……."
룰렛의 기본 규칙 설명은 생략할 셈이겠지. 릴레네에게는 나중에 해설해 줄 필요가 있다.
만약을 위해 나도 확인해 두자.

【룰렛】
· 딜러 플레이어가 1~36까지의 숫자가 칸막이로 구분되어 있는 회전판을 돌리고 공을 던져 넣는다. (본래는 00, 0이 있지만 제외되어 있다)
· 제한 시간 내에 참가 플레이어가 숫자판에 자신의 칩을 놓는다. (베팅)
· 회전판이 멈췄을 때 공이 들어간 숫자가 적중칸이 된다.
· 공이 적중한 숫자와 참가 플레이어가 베팅한 숫자가 일치하면 플레이어는 배당을 받는다. (배당은 베팅 방식에 따라 다르다)

플로렌틴의 설명을 들으면 여기까지는 일반 룰렛과 같지만 몇 가지 차이점이 있었다.

【육체지배 룰렛】

· 4명의 플레이어가 딜러 1명, 참가자 3명으로 나뉜다.

· 룰렛을 한 번 돌릴 때마다 차례대로 딜러가 바뀐다.

· 참가자가 베팅한 칩은 맞든 틀리든 딜러의 칩이 된다.

· 베팅이 적중하면 딜러는 참가자가 베팅한 장소의 배율에 따라 배당을 지급한다.

· 단, 베팅할 수 있는 건 자신의 칩뿐. (다른 플레이어의 칩은 베팅할 수 없다)

· 어떤 눈이 나오더라도 적중하는 베팅은 금지. (예를 들어 빨간 칸과 검은 칸에 하나씩 베팅하면 반드시 적중하게 된다)

일반 룰렛에서 플레이어는 딜러가 되지 않는다. 카지노로 치자면 운영 측이 딜러이기 때문에 운영 측과 플레이어가 대결을 펼치게 된다.

하지만 이 규칙에서는 플레이어끼리 대전하게 된다.

중요한 건 어떻게 해서 자신이 딜러일 때 다른 플레이어가 적중하지 못하게 하느냐겠지. 물론 참가할 때 맞추지 못하면 의미가 없지만, 자신이 딜러일 때 적중당하면 배당을 지불하는 건 자신이다. 빼앗은 상대의 칩이 자신의 칩이 되지 않는다고 하면, 자신의 칩이 다 떨어질 경우 참가자가 되어도 의미가 없다.

——여기까지는 좋다.

이 갬블이 육체지배 룰렛인 이유는 이제 나올 규칙 때문이다.

플로렌틴이 오른손 엄지와 검지를 맞대자 거기에 칩이 나타났다.

"……이건 '노멀 칩'. 전원에게 30개씩 배부……."

다음에 왼손으로 똑같은 동작을 하자 또 칩이 출현했다.

"……이건 '육체 칩'. 6개씩 배부……."

얼핏 보면 노멀 칩과 차이가 없지만, 겉에 색이 칠해져 있다. 그리고 심장 그림이 그려져 있다.

"……육체 칩은 네 명 다 다른 색으로 준비했어……. 이 6장은 각각 플레이어의 오른발, 왼발, 오른손, 왼손, 머리, 그리고 심장을 관장해……."

"심장……."

릴레네가 불온한 말에 반응했다. 플로렌틴은 무시하고 계속 말했다.

"……육체 칩은 노멀 칩 5개의 가치가 있어. 예를 들어 육체 칩 하나로 2배 배당의 숫자를 적중시키면 그때 딜러는 노멀 칩 10개 분량의 칩을 지불해야만 해……."

시작 시점의 보유 칩은 노멀 칩과 육체 칩을 합해 36개지만, 가치로 따지면 노멀 칩 60개 분량이란 거군. 칩의 가치가 다른 이상 언제 육체 칩을 거느냐가 중요하겠지.

플로렌틴의 손에서 칩 두 개가 사라졌다.

"……자기 칩이 다 떨어진 자부터 탈락하고, 마지막까지 남은 사람이 승리해…….”
“그뿐이라면 육체지배는 상관 없잖아. 따로 무슨 효과가 있지?”
“……지금부터 말할 거야…….”
내 질문에 플로렌틴이 힐끗 눈치를 주었다. 한쪽 눈꺼풀에서 뿜어져 나오는 시선이 예리하다.
“……상대의 육체 칩을 빼앗아 그 칩을 상대 쪽에 향하면 ‘명령’ 을 내릴 수 있어…….”
“ ‘명령’ 이라고요?”
우르슬라가 맞장구를 쳤다.
플로렌틴의 손에 다시 칩이 나타났다. 육체 칩이다. 칩 표면은 붉은색이고 손 그림이 그려져 있다.
“……이건 우인 마사루의 오른손 칩이야…….”

“—— ‘명령’ . 우인 마사루, 자기 뺨을 꼬집어…….”

그 말 직후, 내 오른팔이 위로 당겨지는 느낌이 들었다.
“어?”

“키득키득키득키득키득키득키득키득키득키득키득키득키득.”

갑자기 들려온 웃음 소리. 천장이다.
“뭐야…….”
숫자판 바로 위에 맨홀 덮개 정도 크기의 얼굴이 있었다.

가운데에 있는 두 개의 크게 뜬 눈에서는 새빨간 눈동자가 방안을 살피듯 뱅글뱅글 돌고 있다. 코는 없지만 얼굴 절반에 걸쳐 웃는 듯한 형태의 입이 있다. 그리고 내 몸만큼이나 두터운 팔이 얼굴에서 내 머리 위까지 곧게 뻗어 있었다.

"으아아아앗! 괴물이다!"

"꺄아아아아아아아아아악!"

"진정해! 릴레네! 하나코!"

그 팔 끝에 있는 다섯 손가락마다 약하게 빛을 내는 실이 뻗어 나와 내 사지와 이어져 있었다. 그리고 검지가 살짝 움직였다.

"키득키득키득키득키득키득."

내 오른팔이 올라갔다.

"오, 오오……. 팔이 멋대로 움직―― 아야야야야야야야야!"

내 의지와 상관없이 멋대로 움직인 오른손이 내 뺨을 꼬집었다.

"머, 멋대로 움직이고 있나……."

릴레네가 멈칫했다.

"아파아파아!! 그만둬! 미안해!"

플로렌틴의 손에서 칩이 사라지자 내 팔은 힘을 잃은 듯 축 늘어졌다.

"……상대의 육체 칩을 빼앗아 대상의 이름을 부르고 '명령' 하면, 칩 하나당 한 번 상대의 의사와 관계없이 그 부위를 조작할 수 있어……. 이 애는 어시스턴트를 맡은 마리오 군……."

천장의 얼굴이 시끄럽게 웃는 소리가 방안에 메아리친다. 어린애 같은 목소리지만 음량은 입 크기에 비례하는 것 같다. 귀가

멍할 정도로 울린다.

"……이 실을 나에게만 묶는 건 아니겠지."

"……전부. 지금 한 건 시범 동작……."

왜 시범 동작에서 나만 아픈 경험을 해야 하는 거야.

플로렌틴이 손을 두드리자 마리오 군의 얼굴에서 세 개의 팔이 더 자라났다. 테이블의 숫자판 위에 위치한다.

"마리오네트……. 그래서 육체지배 룰렛이라고 부르는 건가요. 와아, 무서워라. 육체 칩을 베팅하는 건 리스크가 크단 말이군요. 조심하자, 이제타."

언니의 말에 이제타가 고개를 끄덕였다.

나는 뺨을 비비며 플로렌틴에게 물었다.

"잠깐……. 손발은 그렇다 쳐도, 머리나 심장 칩을 뺏기면 어떻게 되지?"

내 정수리에 실이 하나 붙어 있는 것 같다. 만질 수는 없지만 위를 올려다보면 뻗어나간 실이 마리오 군의 중지와 연결되어 있는 걸 알 수 있다.

"……머리 칩을 이용하면 사고를 컨트롤할 수 있어……."

"뭐든지 시키는 대로 듣게 된다는 거냐."

사실상 패배다.

"심장은?"

"……멈추라고 명령하면, 멈춰……."

"키득키득키득."

마리오 군의 입이 열리자 안에 네 개의 심장이 있었다. 각각 다른 리듬으로 쿵쿵 뛰고 있다. 실로 연결되지 않은 심장은 저기에 있는 건가…….

나는 오싹해서 자기의 왼쪽 가슴에 손을 댔다. 박동이 느껴진다. 심장이 아직 거기 있다는 걸 안 나는 문자 그대로 가슴을 쓸어내렸다. 마리오 군의 입에 있는 건 마법으로 만든 더미인 모양이다. 하지만 마법의 효과는 플로렌틴이 말한 대로라고 생각해야겠지.

릴레네가 말했다.

"목숨도 걸어야만 한다는 건가? 심장 칩을 빼앗았다고 해서 반드시 써야만 하는 건 아니겠지?"

"호호호. 자기가 심장 칩을 빼앗았을 때를 걱정하나요?"

우르슬라가 조롱하듯 웃었다. 플로렌틴이 어조를 바꾸지 않고 대답한다.

"……빼앗은 칩은 원할 때 쓸 수 있고, 안 써도 상관없어……. 그리고 머리 칩이든 심장 칩이든, 게임 진행이 불가능해질 만한 명령은 금지……. 심장을 멈추게 한다든가……."

과연. 목숨을 빼앗길 걱정은 안 해도 되는 모양이다.

게임 진행이 불가능해진다고 하면 죽이거나, 재우거나, 퇴장시키거나, 테이블을 파괴하는 걸까. 그런 '명령'은 할 수 없나.

"좋아. 시작하자."

나는 가장 먼저 자리를 잡았다. 회전판에서 먼, 회전판 기준으로 오른쪽이다. 그렇다고 해서 의자가 준비되어 있는 건 아니다. 그쪽에 섰을 뿐이다. 마리오 군의 손이 내 뒤를 따라와서 멈췄다.

"릴레네. 너도 와."

"아, 그래."

릴레네가 그렇게 말하며 내 옆에 오려 했다.

"……기다려. 대각선으로 서. 그쪽이 공평해……."

플로렌틴의 말도 합당하다. 같은 편이 나란히 있으면 협력해서 수작을 부리기 쉽다. 자매도 대각선으로 서게 되니 이쪽으로서도 안심이다.

릴레네가 움직이자 머리 위의 손에서 실이 흘러내려 몸과 이어졌다. 릴레네는 그걸 신기한 듯 바라보았다.

"……거기 있는 두 사람에게 말해 두지. 개입은 불가능……."

플로렌틴이 하나코와 어느샌가 몸을 일으킨 하인에게 말했다. 하나코는 불안한 듯 이쪽을 보고 있다.

나는 조용히 고개를 끄덕였다.

괜찮아. 너는 이미 충분히 제 몫을 했어. 이젠 지켜보기만 하면 돼…….

릴레네의 얼굴을 보자 표정이 굳은 걸 알 수 있었다. 태연하게 행동하고는 있지만 플레이어로서는 처음 왕위 계승전에 참가하는 것이고, 애초에 갬블 경험이 거의 없을 터다. 긴장하는 것도 무리는 아니다.

하지만 릴레네에게 기댈 생각은 전혀 없다. 나는 처음부터 진심으로 간다. 두 사람을 상대로 느긋하게 할 여유는 없겠지.

빈 자리에 간 자매는 우리와 마찬가지로 실로 이어졌다.

룰렛 앞에 플로렌틴이 섰다.

손을 두 번 두드리자 창에서 햇살이 들어오는데도 실내가 캄캄해졌다. 그대로 손을 움직이자 자매의 머리 위에서 스포트라이트의 하얀 빛이 쏟아졌다.

"……왕위 계승권자 우르슬라 르쿠르 및 이제타 르쿠르……. 거는 것은 두 명 몫의 왕위 계승권……."

빛이 꺼졌다고 생각했더니 이번엔 나와 릴레네를 비추었다.

"상대는 왕위 계승권자 릴레네 엔파리스, 다른 플레이어 한 명을 대타로 소환. 대타는 우인 마사루. 거는 것은 한 명 몫의 왕위 계승권……."

테이블을 둘러싼 우리 앞에 작은 마법진이 출현하더니 칩 더미가 테이블에서 쏟아져 나왔다. 초기 보유 칩은 노멀 칩 30개와 육체 칩 6개다.

노멀 칩 겉면에는 간략화된 내 얼굴이 그려져 있다. 다른 플레이어도 마찬가지다.

육체 칩 겉면에는 색과 육체 부위가 그려져 있다. 옆에서 보면 노멀 칩과 같은 모습이다.

육체 칩의 색은 플레이어마다 다르다. 나는 붉은색, 릴레네는 주홍색, 우르슬라는 감색, 이제타는 보라색이다. 나 외에는 반지의 색에 맞춘 것 같다. 나는 육체 칩을 쥐었다.

플로렌틴이 중얼거리듯 선언한다.

"……육체지배 룰렛, 스타트……."

머리 위에서 쏟아지는 듯한 마리오 군의 웃음 소리가 기분 나쁘게 울렸다.

05

회전판과 숫자판은 나란히 위치해 있다.
우리 플레이어들은 그 숫자판을 둘러싸듯 자리 잡고 있다.
숫자판에서 봤을 때 룰렛의 위치가 시계의 12시 방향이라고 하면, 여동생인 이제타가 2시, 내가 4시, 언니인 우르슬라가 8시, 릴레네가 10시 방향이다.
가위바위보로 딜러를 정했다.
"……제1턴, 딜러는 우르슬라……. 딜러는 시계 방향으로 교대해……."
즉 딜러는 우르슬라, 릴레네, 이제타, 나라는 순서로 바뀐다.
우르슬라가 미소를 지으며 일어나 룰렛 앞으로 이동하고는 공을 들었다.
탁구공보다 작은 흰색 공이다. 지금까지 본 바로는 특별히 이상한 부분은 없다.
"……회전을 시작해……."
그러자 룰렛이 저절로 회전하기 시작했다. 인간을 초월한 동체시력을 가진 게 아니라면 회전하는 룰렛의 숫자를 눈으로 좇는 건 불가능하다. 그만큼 빠르다.
……그럼 어떡할까.

나는 참가자다. 딜러가 되는 건 네 번째다. 참가할 수 있는 횟수가 많으니 딜러가 나중에 오는 건 나쁘지 않다.

참가자인 릴레네, 이제타, 나는 벨이 울리기 전까지 어디에 어떤 칩을 몇 개 베팅할지를 정한다.

베팅할 수 있는 장소는 크게 둘로 나뉜다.

우선은 인사이드 베팅 숫자판의 숫자 위에 칩을 올려놓는 베팅이다.

【인사이드 베팅】

1칸 걸기 : 한 칸(숫자). 배당 36배.

2칸 걸기 : 인접한 칸. 배당 18배.

3칸 걸기 : 가로 한 줄(세 칸). 배당 12배.

4칸 걸기 : 십자선을 따라 네 칸. 배당 9배.

6칸 걸기 : 가로 두 줄(여섯 칸). 배당 6배.

숫자판만 보면 테두리는 큰 직사각형으로, 그 안은 작은 직사각형으로 구분되어 있다. 각각의 구획마다 숫자가 기재되어 있다. 숫자 위나 테두리에 걸치게 칩을 놓아 베팅의 종류를 구별한다.

숫자판에는 다른 테두리가 준비되어 있다. 그것들은 내가 있는 위치의 반대쪽에 모여 있다.

이곳에 다른 종류의 베팅을 할 수 있다.

아웃사이드 베팅이다.

【아웃사이드 베팅】

세로 한 줄(12칸 걸기): 세로 한 줄(12칸). 배당 3배.

대중소(12칸 걸기): 1~12, 13~24, 25~36 중 하나(12칸). 배당 3배.

전반/후반(18칸 걸기): 1~18, 19~36 중 하나(18칸). 배당 2배.

홀수/짝수(18칸 걸기): 홀수나 짝수 중 하나(18칸). 배당 2배.

적/흑(18칸 걸기): 붉은 칸이나 검은 칸(18칸). 배당 2배.

테이블에 복잡하게 적혀 있지만, 결국 어느 쪽도 기대치는 같다. 건조하게 말하자면 이론상 어디에 걸어도 똑같다고 할 수 있다. 당첨 칸의 수와 배당을 곱하면 모두 동일한 36이 되기 때문이다.

다만, 그건 보통 룰렛의 경우…….

이 갬블의 포인트는 당연히 육체 칩을 빼앗기지 않는 것이다.

아까 플로렌틴이 나에게 '명령' 했던 걸 생각해 보면, 예를 들어 오른손 칩을 빼앗으면 원하지 않는 곳에 걸게 하는 것도 간단히 할 수 있겠지. 당연히 머리 칩을 빼앗기면 대책이 없다. 1칸 걸기에 올인하면 35/36 확률로 진다.

즉, 육체 칩을 계속 확보하면서 상대가 육체 칩을 써야만 하는 상황으로 몰아넣는 베팅이 필요하다. 다시 말해 적중시키면 되는 거다.

그때 이제타가 불쑥 숫자판에 칩을 올렸다.

칩 하나, 노멀 칩, 6칸 걸기. 첫 번째 베팅이다.

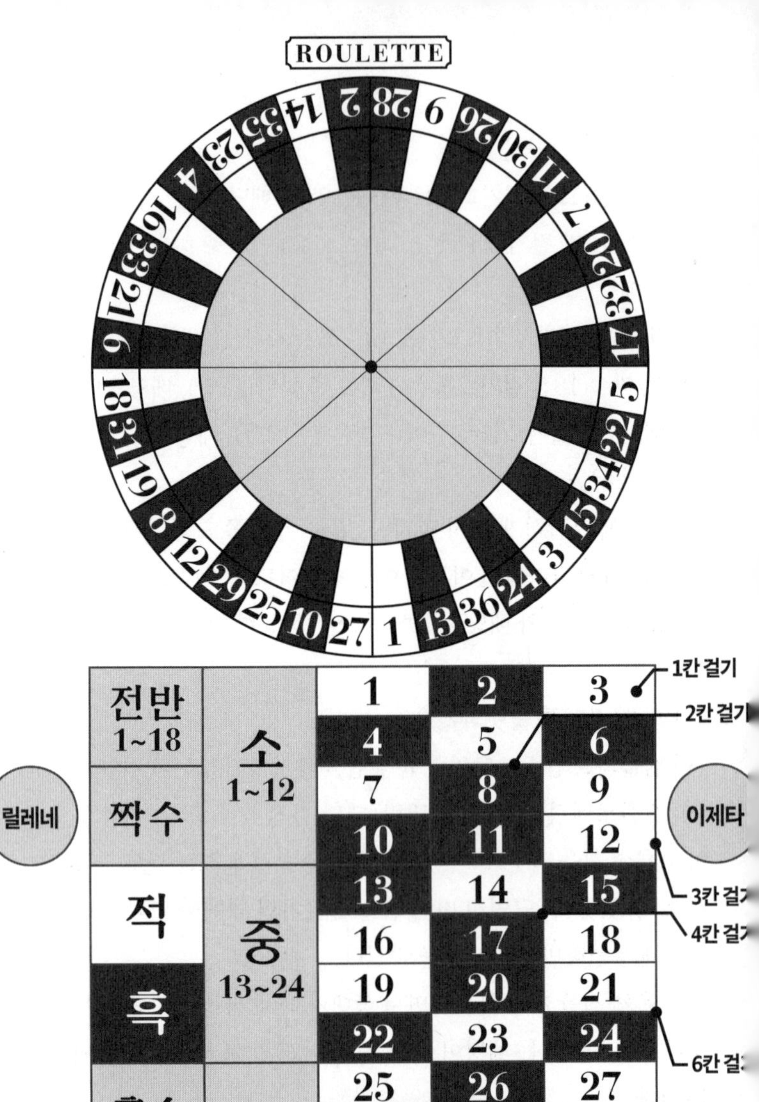
ROULETTE
전반 1~18
짝수
적
흑
홀수
후반 19~36
소 1~12
중 13~24
대 25~36
세로 한 줄
세로 한 줄
세로 한 줄
1칸 걸기
릴레네
이제타
우르슬라
마사루

“……너, 언니에게서 빼앗을 셈이냐?”

딜러인 우르슬라와 이제타는 한 팀이다. 이제 이제타가 적중시키면 우르슬라가 배당금을 지불해야 한다.

규칙상 베팅하지 않고 턴을 보내는 것도 가능하다. 상대 팀 플레이어가 딜러를 할 때의 베팅은 말하자면 공격이므로, 일반적으로 생각하면 딜러가 우르슬라일 때 베팅하는 건 나와 릴레네여야 한다.

자신의 팀 플레이어가 딜러일 때 베팅해도 의미는 없다.

이제타가 히죽 웃으며 입꼬리를 올렸다.

“분위기 조성용이야. 처음부터 아무것도 안 걸면 운이 나빠지잖아.”

징크스 같은 건가. 이해 못할 건 아니다.

“——거, 걸어도 되는 건가.”

릴레네가 유도당한 것처럼 1칸 걸기로 칩 9개를 베팅했다.

“너, 그렇게 갑자기…….”

“으음……. 나, 나는, 빨리 승부를 내고 싶다.”

숫자판의 30 위에 우뚝 솟은 9개의 칩 타워. 릴레네의 얼굴이 그려진 노멀 칩이다.

처음치고는 큰 베팅이다.

……반대로 생각할까.

우르슬라도 이제타도 나를 갬블러로 경계하고 있지만 릴레네가 어떻게 움직일지는 상상하지 못할 터다. 릴레네가 상황을 혼란스럽게 만드는 건 내게 유용하다 생각해도 된다.

——사실 그렇게 생각하지 않으면 못 버틴다.

나도 베팅한다. 칩을 두 개씩 겹쳐서 세 곳에 넣었다.

19~24, 25~30, 31~36의 6칸 걸기에 두 개씩, 총 6개 베팅.

"처음부터 달리는군요. ……자아."

우르슬라가 공을 던졌다.

공이 회전판 바깥을 장난감 자동차처럼 달린다.

"맞아라맞아라맞아라맞아라맞아라……."

릴레네가 숫자판에 얼굴을 대고 기도하듯 중얼거렸다.

"릴레네 님, 당신 콧김으로 공에 영향이 생겨 버려요."

농담할 수 있는 여유가 아니꼽다.

곧 회전판의 기세가 약해지더니 공도 힘을 잃고 숫자를 구분하는 테두리에 부딪쳐 통통 튕겼다.

나는 그 사이에 생각을 정리했다.

지금 경계해야 할 건 당연히 마법이겠지…….

여동생 이제타의 마법은 '완강'이다. 아마도 물질을 경화하는 것이고, 이 게임에서 도움이 될 마법은 아니겠지. 보통 인간을 상대한다 생각해도 된다.

알 수 없는 건 이 우르슬라다. 다양한 가능성을 생각할 수 있으리라. 하지만 논리적으로 생각하면 언니의 마법도 갬블에서 도움이 되는 건 아니라 생각해도 좋을지 모른다. 애초에 이 녀석들이 제대로 된 갬블을 하지 않았던 건 갬블에서 도움이 되지 않는 마법이기 때문이 아닐까.

하지만, 대놓고 '당신 마법은 뭡니까?' 라고 물을 수도 없다.

경계는 하되, 괜한 상상으로 이쪽이 도리어 수렁에 빠지면 비참하다. 우선은 스트레이트하게 승부하자.

——공이 멈췄다.

옆에 서 있는 플로렌틴이 숫자를 확인했다.

"……흑색 5. 전원, 빗나감……."

숫자가 테이블에 빨려들 듯 사라졌다.

"크……."

릴레네가 테이블을 주먹으로 때렸다.

"화내지 말라고……. 진정해. 맞추는 쪽이 더 드문 법이야."

"으으……."

우르슬라가 원래 자리로 돌아간 걸 확인한 플로렌틴이 진행을 촉구한다.

"……다음은 릴레네가 딜러……."

"핫, 그런가……. 알겠다."

발걸음까지 둔해진 릴레네가 룰렛 앞으로 이동했다. 공을 꽉 쥐고 핏기가 가신 표정으로 플로렌틴 쪽을 봤다.

"연습하게 해 다오."

"……한 번만……."

뺨이 오그라들어 입술이 움직이지 않는다. 어깨가 아래 턱에 닿을 정도로 올라갔다.

"하앗!"

터억!

구슬이 내 얼굴을 때렸다.

"아파! 이 멍청아, 정신 차려! 너무 세게 던졌어!"
"와아악! 미안하다, 마사루. 일부러 그런 건 아니다."
릴레네가 드물게도 얼빠진 소리를 냈다. 나는 구슬을 주워 릴레네에게 건넸다.
"……연습은 끝……."
플로렌틴이 차갑게 내뱉었다.
"침착해. 평범하게 던지면 돼. 부드럽게."
"알았다……."
릴레네는 원래 운동 능력이 뛰어나다. 다음엔 괜찮겠지.
나는 릴레네가 딜러 차례인 이번 턴에는 베팅하지 않는다. 릴레네의 딜러 차례에 베팅해서 적중해도 릴레네의 칩을 빼앗을 뿐이니까.
자매가 어찌 움직일지 바라본다. 승부는 막 시작되었으니, 일단은 신중하게――.
"?!"
자매는 갑자기 칩을 양손으로 집어 들더니, 매끄러운 동작으로 일제히 배치했다.
이 녀석들…….
두 사람이 득의양양하게 웃었다.
"이쪽 준비는 끝났어요. 자, 공을 던져 주세요."
숫자판 위에는 노멀 칩 20개가 베팅되어 있었다.
각자가 10개씩 대량 베팅이다. 전부 한 칸 걸기이기 때문에 적중할 확률은 36분의 20이 된다. 절반 이상의 확률이다.

"비, 비겁해……."
릴레네가 허둥거렸다.
"비겁한 거 아냐. 릴레네, 공 던져."
"으, 으음……."
회전판이 움직이기 시작했다.
자매는 리스크를 감수하고 공격해 왔다. 노멀 칩은 30개밖에 없으니까 각각 10개씩 거는 건 노멀 칩 보유량의 3분의 1을 들이부었다는 이야기다. 그만큼 리턴도 크다.
……맞으면 곤란하다. 1칸 걸기라는 이야기는, 적중하면 36배가 되어 릴레네가 빈사 상태가 된다는 뜻이다. 남은 노멀 칩만으로는 지불할 수 없다.
회전판의 스피드가 올라간 걸 확인하고 릴레네가 공을 던졌다.
——잘 들어갔다.
구슬이 움직이기 시작한다. 릴레네가 긴장감을 드러내며 눈을 크게 떴다.
"……!"
공이 멈췄다.
"하핫!"
이제타가 웃으며 짝 하고 손뼉을 쳤다. 우르슬라도 입에 손을 대며 웃음을 참는 모습을 보이고 있다.
"제가 적중, 했네요. 안됐어요. 겨우 공이 잘 들어갔는데."
"이, 이건……. 마사루…… 미안하다……."

확실히 느닷없이 펀치다. 플로렌틴이 잠긴 목소리로 끼어들었다.

"……적중했어. 칩 36개를 지불해……."

릴레네는 처음에 우르슬라가 딜러일 때 노멀 칩 9개를 베팅했기에, 노멀 칩을 21개만 가지고 있다. 즉 노멀 칩 15개가 부족하다.

육체 칩 3개를 지불해야만 한다.

"릴레네. 오른발, 왼발, 왼손으로 지불해 줘."

"알았다……."

릴레네가 육체 칩 3개를 손에 들자 테이블 위에 있던 나머지 모든 노멀 칩과 함께 흩어졌다.

그리고 우르슬라 앞에 주홍색 육체 칩이 3개 나타났다. 릴레네의 육체 칩이다.

그것을 힐끔 쳐다본 우르슬라가 미소를 지었다. 내가 만약 딜러로서 지불해야 한다면 쓸 곳이 없는 심장 칩을 쓰겠지만 아직 초반에다 우르슬라의 마법을 모르는 현시점에서 릴레네에게 그 리스크를 짊어지게 하는 건 너무 위험하다.

……젠장.

릴레네는 이제 안 되겠다. 육체 칩이 3개밖에 남지 않았다.

"……다음 딜러는, 이제타……."

……이길 방법을 생각해야만 한다.

이제타가 룰렛 앞으로 이동해 공을 집었다.

우르슬라의 손은 허벅지 앞에 붙어 있다. 패스할 셈이겠지.

상대 팀이 딜러라도 참가자는 패스할 수 있는 규칙이다. 관리

자인 플로렌틴이 어딘가에서 반드시 제지하겠지만 일단은 시간을 벌어 두고 싶다.

"나도 상태를 보지."

내가 패스하는 걸 보고 릴레네가 말하려고 했다.

"나도——."

남은 칩이 3개, 최대라도 3번까지밖에 걸 수 없으니 그냥 넘기고 싶은 건 어쩔 수 없다.

하지만 말이 끝나기도 전에 그 말이 튀어나왔다.

" '명령' , 릴레네. 육체 칩 3개를 적색 3에 놓으세요."

"키득키득키득키득키득키득키득키득키득키득키득키득."

마리오 군이 입안의 심장을 사탕처럼 데굴데굴 굴리며 웃는다.

우르슬라였다. 그 손에는 왼손이 그려진 주홍색 칩이 있었다.

"아닛?!"

릴레네의 왼손과 이어진 실이 마리오 군의 약지에 이끌려 움찔하듯 움직이더니, 왼손이 테이블에 놓여 있던 칩을 들어 숫자판에 올려놓았다. 멈출 틈도 없는, 망설임 없는 움직임.

우르슬라의 손에서 육체 칩이 소멸한다.

"후후후후후……. 처음부터 올인하다니 대단한 배짱이네요."

우르슬라가 자신만만하게 웃었다.

왼손의 실이 사라진다. 릴레네는 스스로도 무엇이 일어났는지 깨닫지 못해 당황을 감추지 못하는 상태였다. 우르슬라가 육체를 지배한 것이다.

"릴레네, 이제 지켜볼 수밖에 없어. 만에 하나, 아니, 36분의 1 확률로 적중할 테니 기도해."

"그럴 수가……."

회전판이 무자비하게 돌기 시작하자 이제타가 공을 던졌다.

그리고 회전판의 속도가 줄어들자 공의 움직임이 격렬해진다.

적색 3.

…….

…………….

――에는 들어가지 않았다. 한 칸 어긋났다. 적중은 흑색 35다.

"제길!!"

자매는 릴레네를 지그시 바라보며 미소를 지었다. 가늘게 뜬 눈에는 착실히 다가오고 있는 승리가 보이는 것이리라. 눈동자 속에서 주위에서도 알 수 있을 만큼 여유가 드러나고 있다.

"이걸로 한 명 탈락이군……."

"적중했어. 배당금 내놔."

"뭐?!"

이제타가 회전판 너머에서 들려오는 내 목소리에 반응했다. 그리고 숫자판을 확인하더니 나를 매섭게 노려보았다.

"……네놈, 어느 틈에."

"공을 던진 후에 베팅했군요. 지금까지와는 달리. 그렇다 쳐도

움직임이 빨라요. 회전판에 집중한 탓인지 베팅을 눈치채지 못했어요."

나는 이제타가 공을 던진 후, 아까처럼 세 곳에 2개씩 베팅했다.

적중은 노멀 칩 2개. 배율 6배로, 이제타는 칩 12개분을 지불해야 한다.

"쳇……. 운이 좋군."

이제타가 투덜거리며 칩을 집어 들었다.

왼발과 심장 칩, 그리고 노멀 칩 2개였다. 사라졌나 싶더니, 다음 순간에는 내 테이블 앞에 나타났다.

"신체 칩으로 지불해?"

이제타는 나를 무시하고 원래 위치로 돌아갔다.

이제타는 아직 노멀 칩이 19개나 남아 있지만, 먼저 써야만 한다는 규칙은 없다. 물론 '명령'으로 게임 진행을 불가능하게 만드는 행위를 시킬 수는 없으므로, 활용하기 어려운 발과 심장을 먼저 지불하는 건 정석이라 해도 좋을지 모르겠다.

"마사루, 미안하다……. 도움이 되지 못해서……."

릴레네가 얼굴을 찡그리며 미안해하고 있다.

"무슨 소릴 하는 거야. 지금 활약했잖아. 네가 있어 줘서 이걸 얻었다고."

나는 보라색 육체 칩을 집어 들고 릴레네의 어깨를 가볍게 찔렀다.

"보고 있어."

릴레네는 말없이 고개를 끄덕이고는 내 등 뒤로 물러났다. 마리오 군의 팔은 릴레네의 뒤를 따르듯 천정을 이동해 그 머리 위에 멈췄다. 실은 이어진 채다.
승부가 결정될 때까지 사라지지 않는 모양이다.

게임이 진행된다.
"……다음 딜러, 우인……."
플로렌틴이 억양 없이 중얼거렸다.
나는 룰렛 앞에 섰다. 정면을 보자 오른쪽 뒤에 우르슬라가 있다. 릴레네를 탈락시킨 직후이기도 해서 평온한 표정이다. 이 상황에서는 오히려 그게 기분 나쁘게 보인다. 왼손 앞의 이제타는 팔짱을 끼고 방금 칩을 빼앗긴 탓인지 노골적으로 짜증을 드러내고 있다.
내가 구슬을 집어 들자 자매는 빠르게 움직였다. 테이블에 고르게 칩을 늘어놓는다.
"……."
릴레네에게 했던 것과 같은 전법이다.
……역시 힘들다. 우르슬라는 한 칸 걸기로 노멀 칩 15개, 이제타는 역시 한 칸 걸기로 칩 10개를 숫자판에 뿌렸다.
——무려 36분의 25로, 36배의 지불이 발생한다.
"맞을 확률 쪽이 높군요……. 어머, 우인 님. 떨고 있지 않나요?"
"떨고 있네."
이제타가 맞장구를 쳤다. 도발이다.

"뭘 보고 하는 소리야. 떨거나 하지 않아."
나는 공을 회전판에 던져 넣었다.
가지고 있는 노멀 칩은 이미 베팅으로 12개를 소비했다. 하지만 자매의 한 칸 걸기가 성공하면 36개를 지불해야만 한다. 그러면 육체 칩을 사용할 수밖에 없다.
나는 살짝 미소를 지었다. 남이 보더라도 깨닫기 힘들 정도로 약한 미소를.
아직 초조해할 건 없다. 방법은 남아 있다.
"너희는 룰렛판을 갖고 있을 정도니까 말이지……."
구슬은 회전판을 돌고 있다.
내가 말을 걸자 자매는 의아해하는 표정을 지었다.
"왕위 계승권자로 선정되며 꽤 연습을 했겠지? 룰렛을 사용할 때에 대비해서."
"……무슨 소리야?"
이제타가 대답했다. 거기에 겹치듯이 룰렛을 가리켰다.
"원한 곳에 공을 넣을 수 있는 거지?"
"뭐라고?!"
릴레네가 다가와서 뒤쪽에서부터 내 얼굴을 살폈다.
"그런 게 가능한 사람이 있나? 설마…… 마법인가?"
"아니, 기술이야. 내가 살던, 마법이 없는 세계에서도 할 수 있는 녀석은 있었어. 뭐, 하루아침에 가능한 건 아니지만."
"그래서……. 할 수 있다 치고, 그게 어쨌다는 건가요?"
우르슬라가 테이블에 손을 짚으며 말했다.

"시치미 떼지 마. 앞으로는 던진 후에 베팅해야만 하겠는걸. 딜러가 우르슬라였던 첫 턴에 이제타는 공을 던지기 전에 베팅했지? 그건 공을 던지기 전에 나와 릴레네를 베팅시키려고 유도했던 거잖아. 먼저 베팅시키고, 빗나가게 던지면 되니까."

"이미 늦었어. 이게 적중하면 넌 파리 목숨. 역전은 불가능해."

"아니아니, 말을 잘 들으라고. 지금 한 말은 너희를 위한 어드바이스야."

나는 오른손을 곧게 뻗어 정면에 있는 자매에게 보였다.

"——나도 노린 곳에 공을 넣을 수 있어."

딸랑——.

공이 회전판의 숫자에 떨어졌다. 칩이 놓여 있지 않은 숫자다.

"빗나갔어!"

릴레네가 소리쳤다.

이제타가 눈을 크게 뜨고 몸을 뻗어 회전판을 살피지만, 사실은 변하지 않는다.

"원래 있던 세계에서도 이 정도는 할 수 있는 녀석이 있었어. 그걸로 자만하는 녀석들은, 같은 걸 할 수 있으면 재미있을 정도로 당황했지. 무의식적으로 그런 건지는 몰라도 맹신하고 있던 거지. 이런 대단한 일을 할 수 있는 건 자기뿐이라고."

"……."

우르슬라와 이제타의 눈빛이 바뀌었다. 예리한, 바늘 같은 시선을 내게 보낸다.

이제부터가 승부다.

"칩을 줘. 다음 턴이야."

06

육체지배 룰렛은 두 바퀴째에 돌입했다.

"……다음 딜러, 우르슬라……."

우르슬라가 룰렛 앞에 서자마자 공을 던졌다. 이미 시간을 끌 필요가 없다고 판단했겠지. 남은 플레이어 전원이 원하는 숫자에 공을 넣을 수 있다면 당연히 베팅은 공을 던진 후가 된다.

나는 칩을 3개 겹쳐서 5곳에 놓았다. 모두 6칸 걸기다.

"당신, 남은 노멀 칩은 18개였죠. 그 베팅에 15개를 썼으니 남은 건 3개. 한편 우리는 제가 5개, 이제타는 7개예요. 이번은 제가 딜러니까 이제타는 베팅하지 않아……."

우르슬라는 플로렌틴 쪽을 보았다.

"플로렌틴 님, 질문이에요. 이 갬블, 기권할 수 있나요?"

플로렌틴은 한순간 생각하는 듯한 몸짓을 하다가 대답했다.

"……가능……."

그 말을 들은 우르슬라가 자신만만하게 웃었다.

"……그렇다는군요. 기권하는 게 어때요? 이미 승산은 희박하다고 생각하는데?"

웃긴 여자다.

"공이 들어가기 전까지 어찌 될지는 아무도 몰라."

"흥……."

이제타가 코웃음을 쳤다.

곧 공이 들어간다. 그러자 릴레네가 뒤에서 말을 걸었다.

"어이, 마사루. 네가 가진 칩, 육체 칩이 하나 적——."

살짝 돌아서서 눈을 부릅뜨며 작게 "조용해."라고 말했다. 최대한 끔찍한 표정을 짓자, 그 눈치 없는 릴레네도 실수했다고 느꼈는지 양손으로 입을 막았다.

——나는 손에 노멀 칩을 하나 쥐고 있다.

룰렛이 멈춘다.

"오오오!"

공은 적색 32에 들어갔다. 다섯 곳 중 하나에 적중했다.

"맞았다! 맞았어!"

릴레네가 흥분해서 팔짝 뛰었지만 자신의 들뜬 행동이 부끄러워졌는지 '어흠' 하고 헛기침을 하며 얌전해졌다.

"칫……."

이제타가 얼굴을 찡그리며 혀를 찼다. 룰렛 건너편에 서 있는 우르슬라가 약하게 눈썹을 찌푸렸다.

"악운이 세군요……. 지불은…… 6배니 18개인가요. 저는 왼발, 오른발, 심장 육체 칩으로 노멀 칩 15개분. 나머지 3개는 노멀 칩을 쓰죠."

치켜 뜬 눈으로 나를 노려본다.

"노멀 칩 둘, 양손과 머리의 육체 칩을 남기죠. 이제부터는 칩을 건드리지 못하게 하겠어요."
"어이어이, 잠깐만."
나는 테이블을 검지로 톡톡 두드렸다. 자매가 무슨 일인가 하며 내 손에 주목한다.
계산은 우르슬라가 말한 대로다. 단, 외견상으로는 말이지.
"어딜 보고 있는 거야, 넌."
"뭔가요……? 당신이 가진 건 노멀 칩 3개, 육체 칩 6개. 이쪽의 우세는——."
"그게 틀렸다고 하는 거야."
"……."
"뭐가 뭔지 모르겠다는 표정이네, 우르슬라. 내게 남은 칩은 노멀 칩 4개와 육체 칩 5개다."
"네놈!"
이제타가 눈치채고 고함을 쳤다.
"지불해 줘야겠어……."
나는 숫자판 위의, 겹쳐 쌓아 놓았던 칩 세 개를 손끝으로 가볍게 밀어 무너뜨렸다.
위에서 세 번째, 가장 아래에 놓인 것은——.
"유, 육체 칩!!"
릴레네가 말했다.
"지불은…… 7x36……."
"252개. 계산 따윈 필요 없을 만큼 많지. 탈락이야, 우르슬라."
"말도 안 돼!"

우르슬라는 눈앞의 사실을 받아들일 수 없는지 팔을 공중에 휘둘렀다.

"어째서 소중한 육체 칩을 걸었…… 아니, 그것보다도, 3개씩 베팅을 다섯 곳에 했는데 그 모두에 육체 칩을 넣을 수는 없어!"

우르슬라가 다른 네 장소의 칩을 무너뜨렸다.

"……!"

모두 노멀 칩이다.

"육체 칩을 사용한 그 한 곳에 우연히 맞았단 말인가요?!"

나는 배를 잡고 웃었다.

"아, 그래. 운이 좋았지."

"아니야!"

이제타가 테이블을 주먹으로 두드렸다.

"……그렇게 열 내지 마."

"우르슬라. 이 녀석은 공이 들어간 후에 바꿔치기를 했어. 우리가 룰렛을 보고 있는 동안……."

"뭐, 뭐라고요!"

"젠장……. 실수했어. 이 녀석은 처음에 룰렛에서 가장 먼 위치를 차지했어. 그것도 아웃사이드 베팅 칸이 없는 쪽이야. 그쪽이 바꿔치기가 쉬워……."

이제타가 주먹을 불끈 쥐었다.

"처음부터, 노리고 있었어."

"이제타 씨는 눈치가 빠른걸."

이제타가 한 말대로 나는 룰렛이 멈추는 순간을 노렸다. 그 순간에는 플레이어의 시선도 의식도 회전판으로 모인다. 그 틈에 세 개 쌓은 칩의 가장 아래를 바꿔치기 했다.

——마작의 속임수 중에 '제비 반전술' 이라는 게 있다.

다른 플레이어가 자신의 손패 13개를 정리하는 동안 자기 앞에 배포된 최초의 손패를 판에 쌓여 있는 뭉치와 통째로 바꿔치기 하는 큰 기술이다.

내가 한 것과 이론은 같다.

마작에서 가장 중요한 건 배패(配牌), 즉 승부가 시작되었을 때 자기에게 어떤 손패가 들어왔는지다. 마작에서 가장 즐거운 순간 중 하나이기도 하다.

그 순간, 플레이어의 의식은 외부와 단절된다. 그렇기에 대담한 속임수도 쉽게 먹히고 만다. 제비 반전술은 그 틈을 파고들기에 성립한다.

그에 비하면 내가 방금 한 일은 소소한 바꿔치기다.

인간이란 신기하다. 세세한 속임수는 주의해도, 대담하고 규모가 큰 것은 놓친다. 왕위 계승전이라는 실전의 긴장감 속에서는 더욱 그렇다. 설마 그럴 리 없다고 생각하는 때에 찬스가 있다.

"소, 속임수예요!"

지루한 듯 경기를 지켜보던 플로렌틴에게 우르슬라가 다가갔다.

"이런 건 룰 위반이잖아요!"

플로렌틴의 어깨를 붙잡고서 필사적인 형상으로 호소한다.

……그러자 방에 찬바람이 불어왔다. 바깥에서 들어온 것이라

기엔 너무 차갑다. 해가 졌다거나 하는 수준이 아니다. 주위의 공기가 얼어붙은 느낌이 들더니 가까이 있던 꽃병이 깨지는 소리를 냈다.

플로렌틴과 우르슬라를 중심으로 눈보라가 휘몰아치고 있었다.

당황하는 우르슬라. 어깨를 잡은 손을 플로렌틴이 다시 잡았다.

"……날 건드리지 마……."

날카로운 목소리다. 음량은 아까까지와 그리 다르지 않지만 울림이 다르다. 배 안쪽까지 닿을 듯한 무게감 있는 목소리.

……이 천사, 화가 났다.

"……증거를 내놔……."

플로렌틴은 느릿한 동작으로 우르슬라에게 이마를 부딪쳤다.

"……증거가 없다면, 네가 하고 있는 짓은 트집이야……. 탈락자가……. 세계의 끝까지 쫓아낸다……."

작은 눈에 무시무시한 힘이 담겨 있다.

덕워즈 때도 그랬지만 천사라는 녀석들은 모두 이성을 잃기 쉬운 건가.

"……현장을 붙잡아야 속임수인 거지……. 보지 않은 건 너야……."

"……."

우르슬라는 손을 치우고 침묵했다. 굳세게 행동하고는 있지만 발이 약하게 떨리고 있다. 아인도 인간도 아닌 자가 쏟아내는 바닥을 모를 분노와 박력이 우르슬라를 겁먹게 한 것이다.

냉기가 걷혀 간다.

"크크큭."

내가 자기도 모르게 웃음을 터트리자 이제타가 악마처럼 치켜 올라간 눈으로 나를 노려보았다.

"너, 지금까지도 바꿔치기해 왔겠지……. 노멀 칩을 위로, 육체 칩을 아래로 겹쳐서. 회전판의 숫자가 어긋난 걸 확인하면 육체 칩을 노멀 칩으로 바꿔친다. 그러면 육체 칩을 지불하지 않고 넘어간다……. 현장을 포착하지 않으면 천사가 움직이지 않는 것도 거기서 확인했겠지?"

"글쎄?"

휘파람을 불었다. 플로렌틴은 나를 벌하지 않는다. 즉 이건 공공연하게 인정받은 기술이다.

"우르슬라. 내가 이 녀석을 박살 내겠어."

"……부탁할게, 이제타."

이걸로 1 대 1이다.

07

다음 딜러는 이제타다.

이제 승부는 마지막 국면에 돌입했다. 칩의 숫자를 확인해 보자.

이제타… 노멀 칩 7개, 육체 칩 4개.

나… 노멀 칩 4개, 육체 칩 5개.

큰 차이는 없다. 어느 쪽도 자기가 딜러일 때 적중당하면 육체 칩으로 지불할 수밖에 없다.

"건방지게 굴지 마, 우인……."

이제타의 눈동자 색깔이 진해지고, 눈빛이 한층 더 예리해졌다.

나는 칩을 들고 숫자판 위에 올려 놓으려 했다.

"잠깐만, 마사루."

릴레네가 내 팔을 잡았다.

"착각하고 있는지도 모르지만…… 혹시 베팅하는 방식에 따라서는 거의 필승할 수 있지 않나?"

뭐야, 이 녀석. 웬일로 날카롭잖아.

나는 칩을 두고서 릴레네의 손을 잡아 허벅지 옆으로 돌려 놓았다.

"그것만으론 부족해."

나는 이제타의 얼굴을 바라보았다.

"이 녀석은 폭력만 사용하면 뭐든 원하는 대로 된다고 생각하고 있어. 틀렸거든. 폭력으론 이길 수 없는 세상이 있다는 걸 내가 이 갬블로 머릿속에 때려 박아 주겠어."

"하지만 이건 왕위 계승전…… 아니, 나는 참견하지 않겠다. 네게 맡기기로 결정했었지."

릴레네는 물러나서 벽에 등을 기댔다.

"어이, 이제타. 갬블이라는 건 말이지, 항상 이길 가능성과 질 가능성이 있어. 즉, 정신력의 격돌로 승부가 결정되지. 상대를 불리한 입장으로 몰아넣고 안심하며 하는 건 진정한 갬블 같은 게 아니라고.”

이 녀석들을 갬블로 짓뭉개 줘야만 한다. 뭐랄까, 나는 어떤 종류의 사명감을 품고 있었다. 숫자판에 칩을 놓는다.

“자, 잠깐, 마사루! 이제타는 노린 곳에 구슬을 놓을 수 있지 않——.”

맡기겠다고 막 말한 릴레네가 소란을 피웠다.

당연히 당황하겠지. 먼저 베팅하면 그곳을 피할 수 있다.

“괜찮아.”

나는 전반 18칸 걸기로, 1~18에 노멀 칩 2개를 놓았다.

“…….”

이제타는 내 행동에 의아해하는 것 같다. 공을 던지기 전에 베팅하면 이제타는 임의로 빗나가게 할 수 있기에 절대로 적중하지 않는다.

——그래서 이 타이밍에 베팅한다.

합리성 없는 행동은 타인을 동요하고 겁먹게 만든다. 이것은 그저 허를 찌르기 위한 책략이 아니다.

나도 원하는 곳에 공을 넣을 수 있기 때문에 이건 순수한 간파 능력 승부다.

딜러는 어디에 공을 넣을까, 플레이어는 어디에 베팅할까…….

간파한 쪽이 이긴다.

간파력 승부에서 질 생각은 없다.

“괘, 괜찮은가…….”

“알았으니 조용히 보고 있어. 하나코를 본받으라고. 아까부터 한마디도 안 하고 있잖아."

하나코는 기도하듯 양손을 모으고 가만히 이쪽을 보고 있다. 나오려는 말을 억지로 억누르고 있는 걸 알 수 있을 만큼 굳게 입을 다물고 있다.

"……."

릴레네도 하나코의 모습을 보고 다시 물러났다.

나는 시선을 되돌렸다. 표정에는 드러나지 않았지만 이제타가 동요하고 있다는 건 알았다.

예를 들어, 이 녀석이 두려워하는 건 이런 것이다.

내가 공을 넣기 전에 베팅한 건 블러프고, 1~18에 공을 넣는 걸 피하게 하는 것이다. 그리고 이제타가 공을 던진 후 육체 칩 5개를 숫자를 바꿔 가며 4칸 걸기하고, 노멀 칩 1개를 한 칸 걸기로 건다.

그러면 36개 중 하나를 제외하고 어떤 숫자가 나와도 적중하면 이제타가 패배한다.

내가 미리 건 1~18을 피하면 18분의 17로 지는 베팅이다.

그걸 무서워하고 있다.

그렇지, 이제타. 그런 위험을 감수할 수는 없겠지.

그렇다면——.

제한 시간을 알리는 벨이 울렸다.

이제타는 이미 공을 던졌다.

…….

…….

“흑색 8! 적중이다!”

릴레네가 놀라움과 환희가 섞인 목소리를 냈다.

숫자판 위에 놓여 있던 칩이 사라지자 내 손에 노멀 칩 4개가 나타난다. 18칸 걸기로 노멀 칩 2개가 적중한 배당이다.

“괴, 굉장하다. 이미 베팅한 곳에 떨어지게 했군…….”

어때, 이제타. 내가 든 칩은 노멀 칩 2개와 육체 칩 5개. 출혈은 최소화했다. 먼저 놓은 노멀 칩 2개에서 칩을 추가하지 않았다.

이제타는 패배할 가능성 이전에 심약해진 것이다.

이번 이제타의 노멀 칩 4개 지불은, 말하자면 열세의 증명이다.

이제부터 단번에 파고든다. 마음이 약해진 자일수록 간파하기 쉽다.

“알겠지. 넌 나에게 이기지 못해. 네 정신은 이미 내 정신 아래에 있어.”

적중하고도 전혀 반응하지 않았던 이제타는 고개를 들어 나를 봤다.

……냉정. 나는 아무 움직임도 없는 이제타의 눈동자에서 침착함을 봤다.

이 여자, 초조해하지 않잖아?

“……조금 리드했다고 잘난 척하지 마.”

“……다음, 딜러는 우인…….”

플로렌틴이 진행을 유도한다. 내 딜러 차례다.

이제타와 엇갈린다. 나는 룰렛 앞으로 이동해 공을 집었다.

“자, 어디든 걸어. 빗나가게 할 테니. 너는 맞출 수 없어.”
나는 일부러 도발했다. 간파력 싸움으로 끌고 가고 싶었기 때문이다. 내게 리드당해 프라이드에 상처받은 이 녀석은 내 부추김에도 과민하게 반응할 테니까.
“큭큭…….”
숫자판 앞으로 돌아온 이제타가 웃음을 흘렸다.
“크크크큭…….”
“뭐가 웃기지?”
“빗나가게 한다고 그랬지. 자, 해 보지 그래? 이쪽 움직임을 읽을 필요 따윈 없어.”
이제타는 칩을 그러모아 쥐더니 내던지듯 숫자판에 배치했다.
“……자살하려고?”
이제타의 베팅은 육체 칩 4개를 각각 6칸 걸기. 1~24가 적중이다.
그리고 노멀 칩 2개를 1칸 걸기로 25, 26——.
올인. 어디에 맞아도 나는 단번에 패배한다.
“26곳. 36분의 26으로 네 패배야.”
적중하면 이제타의 승리, 빗나가면 내 승리.
궁지에 몰렸으니 이곳을 마지막 승부처로 삼는 건 이해할 수 있다.
하지만 왜 내가 공을 던지기 전에 베팅하지?
“어이……. 내 흉내를 내려고 한다면——.”

“‘명령’. 릴레네, 마사루의 오른팔을 부러뜨려.”

이제타의 가느다란 손가락 끝에는 주홍색 머리 칩이 있었다.
순간, 내 오른쪽 팔꿈치가 폭발했다.
——아니, 그렇게 느꼈다.
뒤에 있던 릴레네가 순식간에 내 오른팔을 잡고는 관절을 역방향으로 꺾고 있었다.
릴레네의 눈동자에서는 색이 사라지고 검은자위는 그저 구멍처럼 변해 있다. 의식이 없다. 그러나 그 몸은 주인의 명령에 충실했다. 어떻게 했는지도 모를 정도로 빠른 움직임이었던 건 릴레네의 체술 때문일까.
갑작스러운 사건에 나는 오히려 냉정해졌다.
내 머리도, 그리고 팔도 태어나서 처음 겪는 경험을 흥미 깊게 느꼈다.
하지만 그것도 한순간.
팔꿈치에 격통이 느껴졌다.
“끄으으으으으으으으으윽!”
팔을 감싸고 무릎을 꿇었다. 아픔이 열이 되어 전신을 덮고, 얼굴에서 식은땀이 흘러 나온다.
“키득키득키득키득키득키득키득키득키득키득키득키득.”
마리오 군은 아까까지와 변함없이 웃고 있다. 목소리의 상태는 변함이 없으나 이 상황 탓에 내게는 사악함을 듬뿍 담은 것처럼 들렸다.

배 속에서 토하는 듯한, 찢어지는 듯한 이제타의 웃음이 마리오 군의 웃음과 겹쳤다.

"마, 마사루 님!"

지금까지 침묵하던 하나코가 목소리를 높였다. 다가오지는 않았지만 비통한 외침이었다.

"아하하하하하하하! 이러고도 원하는 곳에 넣을 수 있다면 해보시지!"

"헉……. 나, 나는……! 마사루!"

의식을 되찾은 릴레네가 내 어깨를 끌어안았다.

"미, 미안하다 마사루! 그럴 생각은……!"

"너희 다 조용해! 젠장……!"

지금은 릴레네에게도 하나코에게도 신경 쓸 상황이 아니다. 나는 릴레네의 팔을 걷어내고 일어섰다.

젠장.

젠장, 젠장, 젠장……!

그래. 플로렌틴은 탈락한 인간의 육체 칩도 사용할 수 있다고 말했었다.

오른팔은 이제 못 쓴다. 아마 탈골된 것일 테니 다시 끼우면 움직일 수는 있겠지. 하지만 공을 원하는 곳에 넣기 위해서는 미묘한 조절을 해야만 한다. 응급 처치를 한다 해도 오른손으로는 원하는 곳에 들어가지 않겠지.

왼손으로 해야만 한다.

……나라면 할 수 있다.

"오오오오오오오오오오오오오오오오!"
아픔을 억누르기 위해, 그리고 정신력을 왼손에 집중하기 위해 힘껏 외쳤다.
그리고 그 기세로 공을 던졌다.
공은 옆으로 날았다. 항공기처럼 미끄러지듯 착륙해서 마찰이 적은 회전판 가장자리를 달린다.
회전판이 돈다. 공은 같은 속도로, 반대 방향으로 달린다.
——따랑.
공이 멈췄다.
"!"
릴레네가 달려와서 내게 뛰어들 듯 안겼다.
"빗나갔다! 빗나갔다!"
"아파! 하지 마, 죽는다고!"
부러진 팔도 신경 쓰지 않고 내 몸을 덜컹덜컹 흔들었다.
……빗나가게 했다고.
이제타는 무표정한 얼굴로 나를 보고 있다.
내 소지금은 여전히 노멀 칩 2개, 육체 칩 5개.
이제타는 노멀 칩 하나뿐.
"어때……. 해냈다고."
숨을 헐떡이며 말했다. 팔의 아픔은 달성감 덕분에 다소 가라앉았다.
"오히려 고마울 정도야……."
육체지배 룰렛의 규칙상 신체 파괴가 금지되어 있지 않음은 깨닫고 있었다.

"이제타, 네 각오를 알아서 다행이야……. 갬블은 그 정도 기개로 임하지 않으면 재미없지. 이걸로 나도 주저 없이 할 수 있어."

이 방법은 일부러 선택하지 않았다. 폭력은 필수가 아니고, 내 취향도 아니다.

하지만 상대에게 그런 각오가 있다면, 나는 전력으로 베팅한다.

"마사루, 무슨 짓을……."

"아프거든. 각오하라고……."

나는 보라색 칩을 쥐고 이제타를 향해 내밀었다.

" '명령' 이다! 이제타! 자기 오른발을 부러뜨려!"

내 손에 있는 건 머리 칩. 어떤 명령이라도 따라야 한다.

이 녀석은 사람도 죽이고 있다. 가령 내가 먼저 공격했더라도 이 녀석들은 놀라지 않았겠지. 즉 서로가 이 승부에서 폭력을 쓰는 걸 인정하고 있다는 이야기다. 그렇다면 가진 모든 방법을 다해 이겨야 한다고, 갬블은——.

…….

…………

마리오 군의 웃음 소리가 들리지 않는다.

…………아무 일도 일어나지 않아?

“‘명령’ 이에요. 마사루. 왼발을 테이블에 힘껏 부딪치세요. 휘두르듯이.”

갑자기, 우르슬라의 선고.

내 왼발이 크게 휘둘렀다.

“키득키득키득키득키득키득키득키득키득키득.”

“어, 어이……! 어째서……! 내 ‘명령’ 은……!”

다리에 이끌리듯이 몸이 앞으로 기운다. 축구 선수가 경기장 끝까지 공을 찰 때처럼, 전력으로 뭔가를 걷어차려 하는 듯한, 그런 움직임.

“자, 잠깐잠깐잠깐잠————————! 끄하악!!!”

왼쪽 다리의 움직임을 멈출 수는 없었다.

나는 테이블 다리를, 정강이 중심으로 박살 낼 듯 걷어 찼다. 하지만 그리 될 리 없고, 내 모든 힘이 정강이에 집중된다.

또각——.

나뭇가지를 단번에 부러뜨리는 듯한 소리가 방에 울려 퍼졌다.

왼쪽 다리도 부러졌다.

08

일본에 있었을 때도 갬블 도중에 폭력을 당하는 경우라곤 없었다.

폭력을 휘두른다는 건 일반인이 생각하는 이상으로 정신에 부담을 준다. 머리가 약간 이상한 녀석이 아니면 어지간하면 견딜 수 없다.

아까 이제타의 다리를 부러뜨리려고 했던 건 팔의 아픔과 분노로 그 부담을 잊을 수 있었기 때문이다.

……주저가 없었다.

이 여자들, 맛이 갔어.

나는 소리도 내지 못하고 그저 뻐끔뻐끔 숨을 토하며 바닥을 뒹굴었다. 아니, 그것조차도 뜻대로 되지 않는다. 오른팔도 왼쪽 다리도 부러졌으니까. 왼쪽 다리에 연결되어 있던 실은 어느샌가 사라져 있었다.

탈락한 플레이어가 육체 칩을 사용할 수 없다는 규칙은 없다. 우르슬라가 사용하리라는 건 상정하고 있었고, 곧장 반격할 생각이었다.

그렇지만…….

뒤집힌 애벌레처럼 꿈틀거렸다.

한순간 보인 하나코는 울먹이며 기도하는 손에 얼굴을 묻고 있었다.

"……어, 어째서……! 어째서 너에게는 '명령' 이……!"

릴레네가 비명에 가까운 목소리로 말했다.

"호, 혹시 가명인가?! 아니, 르쿠르 가문의 자매는 우르슬라와 이제타가 틀림없어! 그런가, 사실 너희는 우르슬라와 이제타가 아닌 건가?!"

——아냐.

천사는 확실히 이 둘의 이름을 불렀었다. 신성한 왕위 계승전을 하려고 하면서 천사가 엉뚱한 인물의 이름을 부를 리는 없다. 천사가 뭘 생각하는지 따위야 알 수 없지만, 논리적으로 그럴 터다.

그래, 전혀 다른 걸 생각해야 한다. 이 세상에는——.

"……다음 딜러, 이제타……."

승부가 중단되려 하는 걸 보고 있던 플로렌틴이 조용히 재촉했다. 나에 대한 배려 따위는 조금도 느껴지지 않는다.

"마사루……. 베팅은 할 수 있겠어?"

릴레네의 어깨를 빌려 일어났다.

"크으으……."

왼쪽 다리에 힘이 들어가지 않는다. 오른팔 때문에 균형도 잡을 수 없다. 서 있는 것만으로도 한계라는 게 바로 이런 느낌이겠지.

"그래……. 이제타, 빨리 던져……."

"거절한다."

"뭐?"

팔짱을 낀 이제타가 가라앉은 표정으로 나를 보았다.

"기권해라. 나는 공을 던지지 않아. 언제까지고 기다리겠어. 그동안 너는 치료도 받지 못하고 계속 고통을 견뎌야 해."

"멍청한 소리하지 마! 마사루는 그런 것에 굴복하지 않——."

이제타는 릴레네의 말을 차단하듯 손을 앞으로 내밀었다.

그 손에는 주홍색 오른손 칩.

"그렇게 말한다면, 좀 더 괴롭게 해 줄 수도 있지."

"크……."

확실히 이 이상 아픔을 느끼면 진짜로 의식을 잃을지도 모른다. 기절하면 어찌 되지?

탈락으로 취급해도 이상하지 않다. 승부를 중단하게 된다면 이제타가 덤벼들 가능성도 있지 않을까. 어쨌든 이 이상 뭔가 당하면 곤란하다. 그렇잖아도 몽롱한 상태다. 내 뇌가 아픔에서 도망치기 위해 잠들려고 하는 걸 알 수 있다.

"젠장……."

나도 모르게 중얼거렸다.

"그러니까 기권하면 된다고 말했잖아."

"비겁한 것!"

릴레네가 고함쳤다.

"왜 이런 짓을 하지! 이렇게 비겁한 수를 써서…… 살인까지 저지르며, 어째서 왕이 되려 하는 거냐!"

이제타는 입술을 들어 올렸다. 미소가 아니다. 그저 일그러뜨렸을 뿐이다.

"우리는 왕이 될 생각 따위 없어. 뭐가 기뻐서 그런 역겨운 것이 되어야만 하지."

뭐?

릴레네도 나처럼 이제타의 말이 이해되지 않는 것 같다.

"그렇다면 왜……?"

"우리 아버님은, 리카르도 르쿠르는 살해당했어. 귀족의 손으로."

일그러진 표정인 채로, 이제타는 말했다.

"아버님은 용맹한 무인이고 상인의 재능이 있었어. 돈이 들어오면 들어올수록 많은 부와 권력을 얻었지. 그리고 아버님은 당시의 국가 체제를 우려했고, 그렇기에 스스로 나서 국정을 바로잡겠다고 늘 다짐하셨지. 나라를 자신이 생각하는 이상적 형태로 만들고 싶었던 거야. 나라를 생각하고, 백성을 생각하고, 그리고 르쿠르 가문과 가족을 늘 생각하셨어."

"……."

"하지만 귀족들의 질투가 아버님을 죽였어."

어딘가에서 들은 적이 있는 이야기다.

"왕은 아버님을 죽인 추악한 권력의 상징이야. 그딴 것, 박살내 버릴 거야."

"그럼 왜 왕이 되려고 하지. 다른 방법도 있을 텐데."

"우리는 이 나라를 멸망시킬 거야. 애국자였던 아버님을 죽인 이 나라를 우리 손으로 괴멸시키겠어."

"뭐라고……!"

괴멸……. 이 녀석들은 나라를 전복시키겠다는 건가?

즉――.

"말도 안 된다. 왕의 권력을 가졌더라도 여신의 은혜를 받은 이 코즈벨트를 멸망시키는 일 따위가 가능할 것 같나. 왕위 계승전만 치르면 언제라도 다음 왕은 나타난다."

"정말 그럴까?"

섬뜩하게 입가를 늘린다. 이번엔 웃음이다.

"자…… 시시한 이야기는 끝내자. 기권해라, 우인. 너, 얼굴에서 핏기가 가시고 있어."

마음을 놓았다간 시야가 깜깜해질 것 같다. 가끔 상하좌우가 순간적으로 뒤집힌 듯한 착각도 든다. 아픔이 이렇게나 사람을 이상하게 만들 줄은 생각 못했다.

"마사루……. 왕위 계승전에 끌어들여 이런 처지에 빠지게 만든 건 미안하다. 이 승부가 끝나면 얼마든지 사과하고, 감사하겠다……."

릴레네의 얼굴을 볼 힘도 없다.

멍하니 앞을 보고 있자니 우는 소리가 들린다. 릴레네다. 언제나 무인처럼 행동하고 있는 주제에. 이런 때에 우냐.

"……하지만, 이번만은…… 힘내 다오. 나는, 이 나라를 위해, 이 녀석들을 왕으로 만들 수는 없다——."

"부탁한다. 나를 왕으로 만들어 줘……."

이긴다…….

그래. 나는 이긴다.

나는, 나를 위해 이기는 거다.

이 여자를 왕으로 만들 수 있을까. 그게 지금 내 인생을 건 갬블이다.

"……네가."

"응?"

"네가, 키스라도 해 주면, 아픔이 사라질지도……."

"뭣?!"

"바보야, 농담이야……. 하지만, 이번 건 진지한 부탁이야."

릴레네의 목에 감고 있는 팔에 힘을 담아 끌어당겼다.

"릴레네……. 나에게 마법을 걸어."

"어……? 무, 무슨 소리냐?"

"네 마법을 쓰라고 하는 거야. 진심으로 해……. 그 마법에 진심이란 게 있는지는 모르겠지만, 아무튼 전력으로 마법을 걸어."

"너, 너도 알고 있잖나……. 한심한 일이지만, 내 마법은 아무 도움도 안 된다."

"네 마법이 도움이 되면 좀 더 빨리 쓰게 했지……. 탈락했어도 네 마법은 쓸 수 있으니까."

고개를 기울여 시선을 맞춘다.

"아, 알았다. 하지만, 어째서……."

릴레네가 옆에서 내 얼굴을 향해 손을 벌리자 부드러운 빛이 생겨났다.

눈이 부시지는 않을 정도의 빛. 얼굴 반쪽이 따스하게 느껴지자 팔과 다리의 아픔이 완화되는 느낌이 들었다. 하지만――.

"부족해……."

"어?"

"좀 더!"

릴레네의 손에서 나오는 빛이 강해진다.

좋아……. 좋은 느낌이다.

"릴레네, 즐거울 때는 어떻게 하지?"

"무슨 소릴 하는 거냐, 마사루……?"

"모르겠어?"

뺨의 근육이 움찔거렸다. 그렇게 느끼자 단번에 솟구쳐 오른다.

"즐거울 때는 웃는 법이잖아."

말이 끝나는 것과 동시에 나는 말을 할 수 없게 되었다.

배의 근육이 조금씩 떨리기 시작한다.

"……후후후후후후."

나는 웃음이 터져 나오는 걸 느꼈다.

"하하하하하하핫! 굉장하잖아, 네 마법은! 이렇게 아프고 괴로운데도, 웃을 수밖에 없어!"

나는 기세를 타고 왼손으로 칩을 쥐었다.

"라스트 베팅! 적색 1에 육체 칩 5개를 베팅한다!"

숫자판에 칩을 때려 박았다.

"뭐야, 그 마법은……. 사람을 웃기는 마법인가?"

차가운 눈으로 우리를 조용히 보고 있던 이제타가 콧방귀를 뀌었다.

"항. 시시하기 짝이 없네. 말해 두지만 나는 절대로 공을 던지지 않아. 우인이 갬블에 매우 우수하다는 건 인정하지. 그러니까 절대 승부하지 않아. 더 고통을 줘도 좋지."

이제타가 그렇게 말하며 릴레네의 육체 칩을 집어 들었다.

"아니, 너는 승부할 거야."

나는 근처에 있던, 지금까지 빼앗은 보라색 육체 칩을 전부 움켜쥐었다.

그걸 이제타에게 향한다.

"'명령' 이다. 우르슬라, 공을 적색 1에 던져 넣어."

"뭐, 뭐라고오오오오오오!"

이제타가 절규했다.

"키득키득키득키득키득키득키득키득키득키득키득."

이번에는 마리오 군도 웃어 주었다.

"이 자식, 누, 눈치챘나?! 끄으으으으으윽……!"

이제타, 아니, 언니인 우르슬라의 몸이 보이지 않는 로프에 끌려가듯 움직인다.

"우르슬라!"

언니의 차림을 한 여동생 이제타가 바꿔치기한 걸 잊고 언니의 이름을 불렀다.

"멈춰! 멈춰라아아아아아! 크아아아아아아아아악!"

필사적으로 억누르려 하지만 소용없다. 한껏 팔을 때리든 테이블에 부딪히든 멈출 기미는 없다.

"어떻게에에에에에! 어떻게 알았어어어어어!"

팔은 최단거리로 공을 집어 회전판에 던져 넣었다.

보이지 않는 힘에서 해방된 이제타가 쓰러질 듯한 상태로 토해내듯 외쳤다.

"네가 지금 자백했기 때문이야. 이 나라를 멸망시킬 셈이라고."
릴레네는 무슨 일이 일어나고 있는지 이해하지 못하는 모양이다. 나는 계속 말했다.
"그리고 왕이 될 생각이 없다고도 말했지. 왕이 되지 않으면서 어떻게 나라를 멸망시킬지 생각하면 알 수 있지……."
미소 짓게 만드는 마법의 효과는 사라졌지만, 지금은 웃을 수도 있다.
"육체 침의 명령은 천사가 정한 규칙이야. 효과가 없을 리 없지. 그리고 이 둘이 우르슬라와 이제타라는 사실은 틀림없다고 릴레네가 말했다. 그럼 남아 있는 가능성은 마법뿐이야."
"끄으윽……."
우르슬라가 이를 악물었다. 릴레네가 내 말에 질문했다.
"하, 하지만 어떤 마법이면 '명령'을 무효화할 수 있나. 천사의 힘에 맞설 수 있는 마법이 있단 말인가?"
"천사의 마법은 아무것도 안 했어. 이 녀석들은 우리의 '명령'을 무효화한 거야. 아주 단순한 방법이야. 우르슬라는 이제타로 변하고, 이제타는 우르슬라로 변하는 거지. 즉——."
나는 왼손 손가락을 퉁긴 후 자매를 가리켰다.

"언니인 우르슬라의 마법은 '완강', 여동생인 이제타의 마법은 '변신'이야."

"벼, 변신……."

"어이, 우르슬라. 이제부터는 제대로 이름을 부르지. 나라를 멸망시키는 것도 그 '변신'으로 할 셈이겠지. 왕위 계승전에 승리해서, 왕위 계승식 때 말이야."

우르슬라는 테이블에 손을 얹은 채 대답하지 않는다. 고개를 숙인 탓에 얼굴이 보이지 않았다.

"릴레네와 하나코 덕분이군."

나는 두 사람을 바라보며 그들이 했던 말을 떠올렸다.

릴레네와 처음 만났던 날, 그녀는 음식점에서 말했다.

「왕이 결정된 후 진행되는 왕위 계승 의식은 엄숙하고 진중하게 진행된다. 국교가 있는 국가의 요인들이 모이지.」

계승권자인 카멜리아와 싸운 후에 릴레네가 말했다.

「나도 실제로 본 건 아니니까 소문에 불과하지만, 왕관은 마지막까지 승리한 계승권자만이 쓸 수 있다……. 다른 자가 손을 대면 격렬한 마력 폭주가 일어난다는 소문이다.」

노예상에게서 해방된 하나코가 말했다.

「마력의 폭주에는 항상 폭발이 동반되는 거예요…….」

나는 왼쪽 손의 손가락을 접은 채로 팔을 앞으로 내밀었다.

"두 사람이 준 힌트에서 도출할 수 있는 결론은 이거다……."

손가락을 불꽃처럼 펼친다. 폭발이다.

"다른 사람에게 왕위를 수여한다는 건가……."

"그래. 마지막에 남는 왕위 계승권자는 한 명. 그리고 바꿔치기를 한 상태로 계승을 하면 폭발이 일어나, 의식에 참가한 요인들이 휘말려들어서 죽지. 그렇게 하면 반드시 전쟁이 일어나. 다수의 나라가 코즈벨트를 노리게 되고, 기다리는 건 파멸이지."

"……."

우르슬라는 반응하지 않았다.

"아주 오래 전부터 너희는 뒤바뀌어 있었겠지. 인격이 달라지면 의심하는 자도 나오니까. 왕위 계승전에서 제대로 갬블하지 않았던 것도 납득할 수 있어. 둘 다 마법을 쓰지 않는 건 수상하니까. 뭐, 한쪽은 '완강' 이니까 써도 의미가 없을 뿐이지만."

변신도 보통 갬블에서는 어떻게 써야 좋을지 알 수 없다. 활용할 수 있었던 것은 이 육체지배 룰렛이기 때문이다.

"그래도 천사란 놈들은 믿을 수가 없구만. 이 룰렛도 자매를 편드는 것 같은 규칙이잖아. 뭐, 나와 릴레네는 뭘 해도 불리하니까 이걸 불공평하다고 할 생각은 아니지만, 그걸 알고 갬블을 선택하는 거라면 정말로 싫은 녀석들이야. 이제 아무래도 좋지만 걸려 있는 것의 차이를 룰 쪽에서 조절했다거나? 너희는 여신에게 뭔가 들은 거야?"

"……."

플로렌틴은 나를 무시하고 지루한 듯 허공을 보고 있다.

내가 말을 끝내는 것과 동시에 공이 들어갔다.

——적색 1.

"어째서……."

우르슬라와 연결되어 있던 실이 소멸한다.

적중. 우르슬라와 이제타는 멍해져 있다.

"어째서야……. 완벽한 방법이었는데……. 왜 우리가 진 거야……?"

우르슬라가 중얼거렸다. 이제타는 바닥에 쓰러져 흐느껴 울고 있다. 자매의 왕위 계승전은 끝났다.

"계속 피해자인 척하지 마. 릴레네를 보고 배우라고. 일일이 설명하진 않겠지만 이 녀석도 너희랑 비슷한 처지야. 하지만 이 녀석은 나라를 좋게 만들기 위해 왕이 되려 하고 있어. 너희처럼 삐뚤어진 비겁자가 되지 않고 말이야."

"……."

자매의 반지를 보니 색이 사라져 있었다.

계승전은 끝났다. 이제 이곳에 더 머무를 필요도 없다. 깨닫고 보니 플로렌틴의 모습도 사라져 있었다.

"그래도 왕위 계승전은 최고인걸. 아까 내가 웃은 건 릴레네의 마법 때문만은 아냐……. 너희가 이 계승전에 인생을 걸고 있다는 걸 알고 기뻐졌거든."

나는 릴레네의 어깨를 빌려 자매에게 등을 보이고, 고개만 돌려 그들을 바라보았다.

"고마워. 인생에서 가장 재미있는 갬블이었어."

종장

"그 자매들은 어떻게 되나요? 고발하나요?"

하나코가 바람에 로브 자락을 휘날리며 나를 올려다보고 말했다. 울음을 터트린 뒤의 눈은 새빨갛게 부어 있다.

"……아니, 의미 없잖아. 증거를 남겼다면 이미 체포되었을 거야. 게다가 계승권은 없어졌으니 이제 사람을 죽이는 일은 없지 않겠어?"

희망적 관측이지만 사정을 들으니 그 이상 벌을 줄 생각도 없어졌다. 저 녀석들은 왕위 계승전에서 복수하는 것에 목숨을 걸었었다. 그 마음의 지주를 잃는다는 게 괴로운 일임을 나는 안다. 나도 이 세상에 와서 갬블의 본질을 한 번 잃었었다.

그렇기에, 어떻게 살아갈 것인가가 문제겠지.

"자, 도착했다."

우리는 르쿠르 가문의 저택을 뒤로하고 내 뼈를 잇기 위해 병원을 방문했다. 팔은 간신히 원래대로 돌아왔지만 또 무리하면 안 된다는 의사의 말을 들었다.

그리고 왕성에 왔다.

왕성은 올려다봐도 끝이 보이지 않을 정도로 높았다. 독일인가 어딘가의 유명한 성을 TV에서 본 적이 있지만 딱 그 이미지대로다. 경비병이 수십 명이나 서 있었지만 릴레네가 이름을 대고 반지를 보이자 의외로 쉽게 들어갈 수 있었다. 왕을 만나러 온 것도 아니고, 우리와 같은 이유로 방문하는 계승권자도 많은 거겠지.

돌로 된 복도를 한참 나아가니 중후한 문이 개방되어 있었다.

넓은 실내 안쪽에 '그것' 이 있었다.

"이게…… 계승자의 증거……."

왕관은 공중에 떠 있었다. 다양한 빛을 내며 실내를 무지개색으로 빛내고 있다.

왕관에는 계승권자의 숫자와 같은 777개의 보석이 박혀 있어, 무지개색의 그러데이션이 만들어지고 있다. 돌 하나하나의 색이 모두 다른 것이다.

"굉장한걸."

왕관 뒤쪽에 벽처럼 이름이 늘어서 있다. 무언가에 적혀 있는 게 아니라, 문자가 허공에 떠 있다. 하지만 이름들은 갉아 먹힌 것처럼 보였다. 강하게 발광하는 중이라 깨닫지 못했지만 왕관의 돌도 자세히 보면 절반 정도는 빛을 잃어서 칙칙하다.

릴레네가 손가락을 뻗어 세는 듯한 움직임을 보였다.

"하나, 둘, 셋…… 어라? 어디까지 셌더라?"

"넌 바보냐."

나는 왕관 양 옆에 서 있는 경비병에게 남은 계승권자의 숫자를 물었다. 이름과 돌의 색깔 수가 승리해 남아 있는 계승권자의 수를 나타낸다.

"309명이래."

"이미 절반 이상 없어진 게 아닌가. 마사루, 하나코. 의지하고 있다."

"네! 마사루 님이 가는 곳이라면 저는 어디까지든 따라갈게요!"

"너, 이런 소녀를 의지해서 어쩌게. 아니, 할머니였나……. 90살이니까."

"너, 너무해요!"

하나코가 내 교복 재킷을 붙잡아 당겼다. 그걸 무시하고 말한다.

"이 후엔 어쩔 셈이야, 릴레네."

"그렇지……. 일단 배를 채우면서 다음 기한까지 무엇을 할까 상담하자. 아니, 그 전에 해야 할 일이 있다."

"……뭐지?"

——우리는 카지노에 있었다.

테이블에 앉은 내 눈앞에는 칩이 산더미처럼 쌓여 있다. 모두 내가 방금 따낸 것들이다.

"훌륭하다, 마사루! 역시 대단하군!"

팔짱을 낀 릴레네가 소리 높여 웃었다. 눈앞에선 아인들이 낙담하고 있다.

릴레네가 나를 카지노로 데려온 것은 저주가 해소되었는지를 확인하기 위해서였다.

우르슬라와 이제타의 목적이 국가 전복이었던 걸 알아냈다. 나는 릴레네에게 협력하는 형태로 그녀들과 왕위 계승전을 벌였고, 격파했다.

즉, 자매에게 승리함으로써 국가 전복을 미연에 막은 것이다.

나는 이미 '구국의 영웅' 이 아니겠느냐――.

릴레네가 기세 등등하게 그런 가설을 읊었다.

우리는 카지노를 나와 거리를 걸었다.

"이 정도 돈이 있다면 한동안 생활하기에 곤란할 일은 없겠군. 핫핫핫."

내가 들고 있는 돈주머니를 릴레네가 툭툭 쳤다. 하나코는 "호오오." 라고 말하며 주머니를 쓰다듬었다.

"이렇게 단시간에 이만큼 벌 수 있다면 마사루 님은 대부호가 되어 버리지 않을까요?"

"흥미 없어. 어이, 릴레네. 이거 내가 갖고 있어야만 하는 거야?"

"당연하다. 아니면 저주가 해소되었는지 아닌지 알 수 없잖나. 하지만 한동안 걸었는데 아무 일도 일어나지 않는군……."

그때 앞쪽에서 사람들의 비명이 들려왔다.

"폭주마다!!"

……왔군.

"으음! 오오, 몬스터가 이쪽으로 오고 있다!"

"아, 으아아아아앗!"

나는 예상하고 있었다. 이 세상에 와서 처음으로 카지노에서 돈을 번 다음, 이 폭주마란 녀석 때문에 시민들에게 돈을 흩뿌리는 처지에 빠졌다. 하지만 내가 트러블을 예상할 수 있다는 건, 어쩌면 정말로 저주가 풀려 있는 것일지도 모른다.

"타아아아아아앗!"

릴레네가 하나코를 끌어안는 걸 확인한 다음 순간, 나는 반대 방향으로 힘껏 뛰었다.

다리 여섯 달린 거대한 몬스터가 땅을 울리며 엄청난 기세로 지나간다.

릴레네와 하나코는 길 반대쪽으로 뛴 것 같다. 허둥대는 사람들에 섞여 모습은 보이지 않지만 분명 괜찮겠지.

나도 괜찮――.

턱.

부드러운 벽에 부딪힌 걸 깨달았다. 불길한 예감이 들어 벽 쪽으로 고개를 돌리고 느릿하게 시선을 들었다.

"이노오오오오옴……. 찾아냈다아아아아아아아."

"오, 오래간만……."

예전에 내게서 돈을 뜯어내려던 깡패였다. 순식간에 인적이 드문 뒷골목으로 끌려갔다. 좁은 길을 채울 정도로 덩치 큰 남자가 내 멱살을 쥐고 들어 올렸다.

"그 여자는 없는 모양이구만. 실컷 패 주지. 게다가 돈도 갖고 있구만. 완전히 일석이조――."

그 순간.

내 시야가 하얗게 뒤덮였다.

굉음이 울리는가 싶더니, 이 공간의 대기가 엄청난 기세로 날

뛰었다. 태풍에 비할 바가 아니다. 상하좌우도 알 수 없는 채로 내 발이 지면에서 떨어졌다. 몸이 하늘로 떠오른 것이다.

게다가 뜨겁다. 이건 폭발이다.

정신이 들었을 때는 눈앞에 지면이 있었다.

"끄윽."

나는 뭉개진 개구리처럼 숨을 내뱉었다. 아픔을 참으며 고개를 들자 깡패가 기절해 있는 게 보였다. 그리고 눈앞에 내 손바닥보다도 작은 발이 나타났다.

"괜찮으세요? 마사루 님. 릴레네 님이 끌려 가는 마사루 님을 보지 못했다면 어찌 되었을지……."

"오, 오오……. 고마워, 하나코."

하나코의 뒤에서 릴레네가 나타났다.

"하나코의 마법은 굉장하군! 하지만 마사루를 구할 수 있었다. 즉, 이건 저주도 풀——."

말하려다가 깨닫는다.

내 옆에서 파직파직, 작은 물건이 터지는 소리가 났다.

금이 모닥불처럼 타오르고 있었다.

"아아아아아아아아아아아아앗!!!"

릴레네가 절규했다. 서둘러 달려가 칼집으로 불을 끄려 하지만 효과가 있을 리 없다.

울상을 지으며 불과 싸우는 릴레네를 무시하고, 하나코가 작게 한숨을 쉬었다. 미안함을 가득 담은 어조로 내게 말한다.
"……마사루 님, 유감이네요."
"나는 그다지 기대하지 않았어……."
하나코는 내 말을 신경 쓰지 않고, 어깨에 손을 대고 고개를 작게 저었다.
"국가라는 건 늘 위험에 노출되어 있는 법이에요. 악행을 저지르는 자들은 세상에 잔뜩 있으니 그 하나의 싹을 뽑은 정도로는 해주가 어렵겠죠. 지금 당장 어찌하는 건 포기하는 게 좋겠어요."
"아니, 그러니까 나는……."
"젠장! 금이 다 타 버렸다! 마사루, 안 된다. 저주는 풀리지 않았어!"
릴레네가 세게 콧김을 뿜으며 돌아왔다.
"그러니까 나는 저주를 그렇게까지, 아얏……."
"괜찮으세요, 마사루 님?!"
팔꿈치에 아픔이 달렸다.
병원에서 마법 치료를 받았다곤 해도 완치된 건 아니다. 아까 하나코의 마법으로 날아갔을 때 부딪힌 것 같다. 하나코가 허리를 숙이고 걱정스러운 표정으로 팔꿈치를 쓰다듬어 준다.
"아야야……. 이건 또 병원에 가야겠──."
그때.

"'명령', 릴레네, 마사루의 뺨에 입을 맞추어라."

다음 순간, 내 뺨에 부드러운 것이 닿았다.

그 부분이 눌렸다 떨어지자, 거기에서 사람 피부의 온기가 느껴지더니 곧 공기 사이로 사라져 간다.

"……뭘 하는 거야, 너?"

릴레네의 눈동자가 바로 눈앞에 있었다.

"무무무무, 무슨 짓을 하고 있는 건가요 릴레네 씨이이이이이이이이!"

하나코가 릴레네의 얼굴을 올려다보며 외쳤다.

릴레네의 손을 보자, 아까 왕위 계승전에서 사용했던 주홍색 육체 칩이 있었다.

왕위 계승전 때와 마찬가지로, 사용한 후 공기에 녹아 사라진다.

"이, 이건…… 저기…… 고마움과 사과의 표현이다. 자기 의사로는, 할 수가 없어서……. 플로렌틴이 사라진 뒤에도 칩이 남아 있길래 빌려왔다……."

"어엉?"

"네가 아까 한 계승전에서, 이, 이이이입을 맞춰 주면 아픔이 사라질 거라고 말했으니까……. 게다가…… 지금까지 너 같은 갬블러는 구제할 길 없는 놈뿐이라 생각하고 있었지만, 그게, 뭐랄까…… 너와 지금까지 함께 싸우면서――."

"……."

"다시, 봤다. 특히, 아까 아픔을 참아 가며 나를 위해 진심으로 싸워 준 부분이라든가……."

릴레네는 뺨을 붉히며 고개를 돌렸다. 나는 키스받은 곳을 매

만졌다.

"저기 말이지, 난 갬블을 하고 싶었을 뿐이지 널 위해 싸운 게 아니고, 이런 걸 해 줘도 내겐 돈 한 푼 안 생기잖아."

"뭐, 뭐라고! 아직 아무에게도 바친 적 없는 입술이다! 그걸 그렇게——."

"안 돼요 안 돼요! 저도 할래요! 우! 우!"

하나코가 그렇게 말하며 입술을 내밀고 발돋움을 했다. 나는 하나코의 얼굴을 손으로 밀어냈다.

"하지만 방금 그 육체 칩, 머리 칩이 아니잖아요! 머리 칩은 게임 중에——."

그때 갑자기 내 배에서 크게 꼬르륵 소리가 났다.

"뭐, 뭐야! 배가 고팠나! 그럼 그렇다고 말하지! 30일 내에 또 다음 계승전이 있을 테니 대비하자!"

릴레네가 부끄러움을 감추고 싶은지 내 등을 힘껏 때렸다.

"아파! 때리지 마! 환자라고!"

키스를 포기한 하나코가 내 손을 잡았다.

볼을 부풀리고 입으로 "뿌뿌." 소리를 내고 있다.

"빠, 빨리 와라!"

뺨이 붉은 릴레네가 앞장서 가려다가 뒤를 돌아보았다.

"이, 일단 확인하겠는데……."

"뭔데?"

"너는, 아직 대타를 계속해 줄 건가?"

눈썹을 살짝 내리고 있는 건 불안하기 때문이겠지. 확실히 릴레네가 보기에 내가 대타를 계속한다는 보증은 없다. 하지만 팔다리가 부러지든 말든, 내 마음은 이미 정해져 있다.

"멍청아, 아직 모르겠어?"

"……."

하나코의 손을 떼어내고 릴레네를 쫓아가서 힘껏 엉덩이를 때렸다.

"아얏! 무, 무슨 짓을——."

"이렇게 재미있는 갬블을 그만둘 리 없잖냐."

그 말을 들은 릴레네는 안심했는지 뺨을 붉게 물들이며 미소를 지었다.

하지만 익숙하지 않은 짓을 해서인지 중요한 걸 잊고 있었다.

"부러졌어……."

실수해서 오른손으로 때리는 바람에, 팔이 다시 땅을 향해 축 늘어졌다.

"으아아아아앗! 마, 마사루 님!"

"무슨 짓을 하는 거냐! 당장 병원에 가자!"

릴레네가 나를 등에 업고 내달린다. 울상이 된 하나코가 그 뒤를 쫓았다.

앞날이 불안하지만, 내 왕위 계승전은 한동안 계속될 것 같다.

〈끝〉

후기

안녕하세요. 카와모토 호무라라고 합니다.

『레이즈 온 판타지』는 어떠셨습니까?

이 소설을 쓰면서 작가이자 샐러리맨인 동생 무노 히카루를 주말마다 카페에 데려갔습니다. 소재 발굴부터 집필, 검토와 저녁 메뉴 결정까지 온갖 부분에 협력을 받기 위해서입니다. 평일엔 회사에서 일하고 주말엔 카페에서 통조림. 동생의 피로는 한 주 한 주 지나갈 때마다 눈에 보일 정도로 축적되었지만, 그에 비례하듯 작품의 밀도는 올라갔습니다. 둘이서 함께 작업한 보람이 있었습니다.

후기부터 읽는 타입의 독자님(저도 그렇습니다)을 위해 설명하자면, 『레이즈 온 판타지』는 이세계에서 갬블을 하는 소설입니다. 이세계이기에 적은 마법을 펑펑 쓰지만, 주인공 우인 마사루는 현대 일본의 고등학생. 물론 마법 따윈 못 씁니다. 그런 세계와 그런 상황에서 우인 군이 어떤 갬블을 할 것인가. 아니, 승산은 있는가. 그런 이야기입니다.

저는 『카케구루이』라는 갬블 만화로 데뷔해서 현재도 연재를 계속하고 있습니다. 데뷔 이후 내내 통칭 '도박물'을 그려 왔습니다만, 이 장르는 정말로 질리지 않습니다. 개성 넘치는 대전 상대와 매력적인 수수께끼, 신선한 해결. 어디까지 실현되었는지는 모르겠지만 제가 생각하는 '재미'를 꽉 눌러 담았다는 것만은 보증할 수 있습니다.

마지막으로 감사를.
아름답고 귀여워서 제 취향에 팍팍 꽂히는 일러스트를 제공해주신 마냐코 선생님. 집요한 것 같긴 하지만, 전면적으로 협력해준 동생 무노 히카루. 바쁜 와중에도 저에게 출판 기회를 주신 담당 편집자 에가와 씨. 그 외의 많은 분들, 그리고 물론 독자 여러분 덕분에 『레이즈 온 판타지』를 세상에 내보낼 수 있었습니다. 정말로 감사합니다. 그리고 이후로도 부디 잘 부탁드립니다. 그러면 2권에서 뵙겠습니다.

카와모토 호무라

레이즈 온 판타지 ~갬블러는 이세계를 만끽한다~

2024년 05월 24일 제1판 인쇄
2024년 06월 01일 제1판 발행

지음 카와모토 호무라 | **일러스트** 마냐코

발행 영상출판미디어(주)
등록번호 제 2002-000003호
주소 07551 서울특별시 강서구 양천로 570 NH서울타워 19층
대표전화 02-2013-5665

ISBN 979-11-380-4513-1

구매 시 파손된 도서는 구매처에서 교환하실 수 있습니다.
기타 불편사항, 문의사항이 있으신 독자님께서는 노블엔진 홈페이지 [http://novelengine.com] 에서
Q&A 게시판을 이용해 주시기 바랍니다.

노블엔진(NOVEL ENGINE)은 영상출판미디어(주)의 라이트노벨 및 관련서적 브랜드입니다.

**세상을 두려움에 떨게 하는 마녀와 암살자 소년은
북쪽의 얼음 왕국에서, 눈의 여왕과 대치한다!**

마녀와 사냥개

2

마법과 이를 다루는 마술사의 힘으로 나라를 위협하는 아멜리아 왕국을 저지하고자 '재앙'으로 인식되는 위험한 '마녀'를 모은다는 캠퍼스펠로우 영주 버드의 뜻은 암살자 '검둥개'로 불리는 소년 롤로가 이어받았다.

하지만 이웃 나라의 배신으로 치른 희생과 맞바꿔 '거울의 마녀'를 맞이한 롤로를 기다리는 것은 암울한 소식뿐.

이에 롤로는 재상 브래서리, 기사단 부단장 빅토리아를 더한 캠퍼스펠로우 사람들과 함께 '북쪽 나라' 노스랜드――영주 버드가 동맹을 맺은 설왕(雪王) 홀리오가 다스리는 마을과 얼음 성에 산다고 하는 '눈의 마녀'가 있는 곳으로 향한다――.

카미츠키 레이니 지음 | **LAM** 일러스트 | **2022년 10월 제2권 출간**

청춘의 상상, 시동을 걸어라!